신비한 동물들과

# 덤블도어의 비밀

원작 시나리오

WIZARDING WORLD

신비한 동물들과

# 덤블도어의 비밀

## 원작 시나리오

극본
J.K. 롤링 & 스티브 클로브스

원작
J.K. 롤링

서문
데이비드 예이츠

메이킹 필름 관련 내용
데이비드 헤이먼, 주드 로, 에디 레드메인,
콜린 애트우드 등

문학수첩

영화의 한글 자막과 한글 더빙 대본은 워너 브라더스 픽처스에서 제공했습니다.

# 서문

〈신비한 동물들과 덤블도어의 비밀〉을 통해 J.K. 롤링의 마법 세계로 다시 돌아오게 됐다. 전 세계로 전염병이 퍼져나가는 시기에 영화 제작이 시작된 터라, 창조적인 작업을 한다는 생각에 신이 났지만, 실제 상황은 꽤나 고달팠다. 영국 하트퍼드셔의 리브즈든 스튜디오에서 촬영을 대부분 진행해야 하는 것도 쉽지 않은 일이었다. 코로나(COVID-19) 관련 여러 여행 제한 조치로 인해 작업 진행이 여의찮은 상황에서 미술감독 스튜어트 크레이그와 그의 뛰어난 미술팀은 옥외 촬영지에 베를린과 부탄, 중국의 마법 버전을 만들어 냈다. 호그스 헤드와 필요의 방, 호그와트 같은 예전 마법 세계 이야기와 영화의 인상적인 세트들을 다시 지은 것이다.

롤링과 스티브는 시기적절한 정치적 이야기에 매력과 감정을 담고 균형을 맞춰가면서, 예전 이야기와 새로운 이야기를 솜씨 좋게 엮어 대본을 써냈다. 롤링이 가장 아끼고 사랑하는 인물 중 하나인 알버스 덤블도어가 현재의 위험을 맞닥뜨리고 과거의 회한을 푸는 것, 뉴트 스캐맨더가 권세를 손에 넣으려는 그린델왈드를 앞장서서 막는 것이 이번 이야기의 핵심이다.

세상이 기묘한 겨울잠에 빠져든 수개월 동안, 우리는 롤링과 스티브의 대본을 스크린에 옮기는 작업에 매진했다.

〈신비한 동물들과 덤블도어의 비밀〉에서는 위험한 시기에 걸맞은 위험한 인물들이 등장한다. 덤블도어와 뉴트, 그리고 그들이 한데 모은 친구들은 백 년 넘게 가장 치명적인 마법사로 악명을 떨친 그린델왈드를 체포하고자 집념과 용기를 갖고 덤벼들고, 아무리 힘들어도 결국 빛과 사랑이 승리한다는 것을 보여준다.

2022년 3월 21일

데이비드 예이츠

워너 브라더스 픽처스 제공 / 헤이데이 필름스 제작
데이비드 예이츠 감독

# 신비한 동물들과 덤블도어의 비밀

| | |
|---|---|
| 감독 | 데이비드 예이츠 |
| 각본 | J.K. 롤링, 스티브 클로브스 |
| 원작 | J.K. 롤링 |
| 제작 | 데이비드 헤이먼(PGA), J.K. 롤링, 스티브 클로브스(PGA), 라이어널 위그럼(PGA), 팀 루이스(PGA) |
| 책임 프로듀서 | 닐 블레어, 대니 코언, 조시 버거, 코트니 밸런티, 마이클 샤프 |
| 촬영 감독 | 조지 리치먼드(BSC) |
| 미술 감독 | 스튜어트 크레이그, 닐 러몬트 |
| 편집 | 마크 데이 |
| 의상 감독 | 콜린 애트우드 |
| 음악 | 제임스 뉴턴 하워드 |

*출연*

| | |
|---|---|
| 뉴트 스캐맨더 | 에디 레드메인 |
| 알버스 덤블도어 | 주드 로 |
| 크레덴스 베어본 | 에즈라 밀러 |
| 제이콥 코왈스키 | 댄 포글러 |
| 퀴니 골드스틴 | 앨리슨 수돌 |
| 테세우스 스캐맨더 | 캘럼 터너 |
| 율랄리 '랠리' 힉스 | 제시카 윌리엄스 |
| 티나 골드스틴 | 캐서린 워터스턴 |

*그리고*

| | |
|---|---|
| 겔러트 그린델왈드 | 마스 미켈센 |

# 덤블도어의 비밀

1 **실내. 지하철 안. 낮.**

깜박이는 불빛 속에 사람들이 조용히 앉아 있다. 카메라가 천천히 앞으로 나아가면서, 손잡이를 잡고 기차의 움직임에 맞춰 천천히 흔들리며 서 있는 남자를 비춘다. 남자의 얼굴은 보이지 않지만, 살짝 비스듬하게 쓴 모자가 어딘지 익숙하다.

2 **실외. 지하철역. 잠시 후. 낮.**

기차가 멈춰 서고 문이 열린다. 모자 쓴 남자를 포함해 승객들이 기차에서 내린다.

3 **실외. 피커딜리 서커스 광장. 잠시 후. 낮.**

모자 쓴 남자가 다른 승객들을 뒤로 하고 햇빛이 비치는 지상을 향해 지하철역 계단을 올라간다. 남자는 잠시 주변을 둘러본 뒤 계속 걸어간다.

4 **실내. 카페. 낮.**

시끌벅적한 분위기. 검고 짧은 머리를 한 여종업원이 보이고, 카메라의 시선이 여종업원을 따라간다. 여종업원은 카페 뒤쪽의 어느 테이블로 우아하게 걸어가 모자 쓴 남자 앞에 뜨끈한 차가 담긴 잔을 내려놓는다. 그 남자는 바로 덤블도어다.

(위) 알버스 덤블도어 의상 스케치
(옆) 알버스 덤블도어 관련 사건 파일(움직이는 사진이 들어갈 자리가 비어 있음)

454623ћ

MINISTRY OF MAGIC
DEPARTMENT OF MAGICAL LAW ENFORCEMENT
FORM NO.298/7122DY

- AUROR OFFICE- IMPROPER USE OF MAGIC - HIT WIZARDS-
- WIZENGAMOT ADMINISTRATION SERVICES -

PLEASE DO NOT COMPLETE THIS SECTION - FOR APPROVED MINISTERIAL PERSONNEL ONLY

THIS INVESTIGATION MUST BE VALIDATED BY A MINISTRY OFFICIAL - USE APPROPRIATE STAMP HERE

SIGNED AND DATED BY SENIOR OFFICER

# DEPT. OF MAGICAL LAW ENFORCEMENT - CASE FILE

ALL WITCHES AND WIZARDS BEING INVESTIGATED BY THE DEPARTMENT OF MAGICAL LAW ENFORCEMENT UNDER THE JURISDICTION OF THE MINISTRY OF MAGIC ARE SUBJECT TO THE STRICTEST CONFIDENTIALITY, UNTIL OTHERWISE DEEMED NECESSARY BY THE MINISTER FOR MAGIC. THIS FILE IS CONFIDENTIAL AND INFORMATION APPERTAINING TO THIS CASE FILE MUST BE REPORTED BACK TO THE SUPERIOR MINISTERIAL EMPLOYEE OVER SEEING SAID INVESTIGATION.

## CASE FILE NUMBER: 0 0 0 8 1 9 1 7 7

ALL INFORMATION REGARDING CASE FILES AND INVESTIGATIVE WORK UNDERTAKEN FOR THE DEPARTMENT OF MAGICAL LAW ENFORCMEENT IS STRICTLY CONFIDENTIAL.

1- SECTION 190871/A

NAME OF WITCH OR WIZARD: ALBUS PERCIVAL WULFRIC BRIAN DUMBLEDORE

NATIONALITY: BRITISH

PRESENT ADDRESS: HOGWARTS SCHOOL OF WITCHCRAFT AND WIZARDRY

DATE OF BIRTH: ✳6/✳/✳

PROFESSION OR OCCUPATION: PROFESSOR OF DEFENCE AGAINST THE DARK ARTS

INVESTIGATIVE NUMBER: 2 0 0 1 8

INVESTIGATIVE NUMBER MUST BE CONFIRMED BY SUPERIOR - AS MENTIONED IN ARTICLE 35

PHOTO MUST BE RECENT

2- SECTION 190871/B

1- R. THUMB | 2- R. MERCURY | 3- R. APOLLO | 4- R. SATURN | 5- R. JUPITER

APPLICANT'S RIGHT HAND FINGER PRINTS - ONLY USE ROYAL PURPLE INK

HEIGHT: 5' 11"

WEIGHT: 175 LBS

COLOUR OF HAIR: FAIR

COLOUR OF EYES: BLUE

COMPLEXION: FAIR

THE PERSONS MENTIONED BELOW ARE THE KNOWN MEMBERS OF SUBJECTS FAMILY:

SPOUSE: N/A BORN AT, (PLACE) (DATE)

FATHER: PERCIVAL DUMBLEDORE BORN AT, XX (PLACE) XX (DATE)

MOTHER: KENDRA DUMBLEDORE BORN AT, XX (PLACE) XX (DATE)

SPECIAL PARTICULARS: DESCRIBE ANY MARKS OR SCARS

XXX

3- SECTION 190871/C

KNOWN HISTORY OF SUBJECT (INCLUDING FAMILY HISTORY & EDUCATION)

KNOWN TO HAVE ATTENDED HOGWARTS SCHOOL OF WITCHCRAFT AND WIZARDRY - SORTED INTO GRYFFINDOR. FATHER PERCIVAL DUMBLEDORE SENTENCED TO LIFE IN AZKABAN FOR CRIMES AGAINST MUGGLES. MOTHER AND SISTER, KENDRA AND ARIANA DECEASED IN UNKNOWN CIRCUMSTANCES. DURING ALBUS DUMBLEDORE'S TEENAGE YEARS HE IS KNOWN TO HAVE MET AND BEFRIENDED THE DARK WIZARD GELLERT GRINDELWALD.

REASON FOR INVESTIGATION: TICK ALL APPROPRIATE OPTIONS

( ) KNOWN ILLEGAL ACTIVITIES ( ) INFORMANT
(X) SUSPECTED ILLEGAL ACTIVITIES
(X) OTHER KNOWN AFFILIATION WITH DARK WIZARD

SECURITY STATUS

CURRENTLY UNDER INVESTIGATION.

4- SECTION 190871/D

in dolorerci, at commodo mauris. Sed viverra tempus laoreet. Nam tempor pretium metus id tempus. Proin eleifend felis lorem, eget posuere diam. Praesent p oncus vulput ate. Praesent sit amet neque leo, ac bibendum ligula. Pellentesque vitae eros tellus. Ut et libero nisl. Integer iaculis euismod sem, et adipi molestie ut. Nuncultricies sem eu massa rhoncus accumsan. Curabitur sed scelerisque justo. Sed nulla ligula, pretium vitae tincidunt a, comm modo quis sem. e habitant morbi tristique senectus et netus et malesuada fames ac turpis egestas. Proin ullamcorper rhoncus nisl vitae dictum. Aenean et pellen tesque s id posuere turpis. Curabitur sed velit nec sapien malesuada eleifend. Phasellus sollicitudin magna quis quam mattis vel porttitor mi adipiscing. Nulla fa sto tellus, ultrices eu dictum non, rutrum nec lacus. Aenean viverra fermentum mi, non bibendum libero laoreet vel. Mauris nulla lectus, porta vitae ornar e placerat odio. Vivamus quis tellus arcu, at malesuada risus. Nulla mauris leo, pulvinar sed auctor id, tempor nec turpis. Phasellus fringilla tinci dunta

MINISTRY AUTHORIZATION CODE 2 3 7 7 2

* ALL INFORMATION IN THIS CASE FILE IS STRICTLY CONFIDENTIAL, AND MUST NOT BE DISCUSSED OUTSIDE OF INVESTIGATORIAL TEAM.

SIGNATURE OF SUPERIOR OFFICER ............ DATE ............

454623ћ

PRINTED IN ENGLAND BY THE MINISTRY OF MAGIC PRESS

**덤블도어**

고마워요.

**여종업원**

더 필요한 거 있으세요?

**덤블도어**

아뇨. 아직 없어요. 누가 오기로 해서
(미간을 찌푸리며)
기다리는 중입니다.

여종업원은 고개를 살짝 끄덕이고 돌아서서 간다. 덤블도어는 여종업원 쪽을 힐끗 쳐다보다가 설탕 한 덩어리를 차에 넣고 휘저은 뒤 고개를 들고 눈을 감는다. 덤블도어의 평온한 얼굴이 화면에 계속 잡히다가… 환한 빛이 드리워진다.

눈을 뜬 덤블도어는 테이블 옆에 서 있는 남자를 바라본다. 그린델왈드다.

**그린델왈드**

단골 카페야?

**덤블도어**

그런 거 없어.

그린델왈드는 잠시 덤블도어를 바라보다 맞은편 의자에 앉는다.

**그린델왈드**

보여줘.

덤블도어는 그린델왈드를 가만히 바라본다. 덤블도어의 손이 서서히 화면에 잡힌다. 덤블도어가 손을 펼치자 피의 맹세 약병이 보인다. 약병의 사슬 줄이 마치 살아 있는 듯 덤블도어의 손가락 사이로 스르르 움직인다.

**그린델왈드**

가끔은 아직도 그걸 목에 걸고 있는 기분이 들어. 오랫동안 걸고 다녀서 그런가. 네 목에 걸린 건 느낌이 어때?

**덤블도어**

맹세의 속박을 서로 풀어줄 수도 있어.

그린델왈드는 대꾸 없이 카페 안을 둘러본다.

**그린델왈드**

참 말이 많아, 머글들은. 차는 잘 끓이지만.

**덤블도어**

넌 미친 짓을 하고 있어.

**그린델왈드**

너도 원했던 일이잖아.

**덤블도어**

그때 난 어렸고…

**그린델왈드**

…헌신적이었지. 나한테. 우리한테.

**덤블도어**

아니. 네 뜻에 동조했던 이유는…

**그린델왈드**

이유는?

**덤블도어**

널 사랑해서였어.

그들은 서로의 눈을 바라본다. 덤블도어가 또다시 옆으로 시선을 돌린다.

**그린델왈드**

그랬지. 하지만 그래서 동조한 것만은 아니었잖아. 우리가 세상을 새로이 만들 수 있다고, 그건 우리의 권리라고 말한 건 바로 너였어.

그린델왈드는 눈을 가늘게 뜨며 뒤로 기대어 앉아 숨을 들이마신다.

**그린델왈드**

이 냄새 느껴져? 이 악취 말이야. 이 짐승들을 위해 정말 동족을 배신할 생각이야?

덤블도어의 눈이 잠시 흔들리다가 그린델왈드의 강철 같은 눈을 마주 본다.

**그린델왈드**

네가 함께하든 안 하든, 난 머글 세계를 불태워 버릴 거야, 알버스. 넌 날 못 막아. 차 잘 마셔.

그린델왈드가 떠나고 나지막한 진동이 시작된다. 덤블도어는 찻잔을 내려다본다. 단단한 테이블 위에서 찻잔이 조금씩 흔들리고 있다. 덤블도어는 바르르 떨리는 찻잔 속 액체를 바라보며 생각에 잠긴다.

불길에 휩싸인 카페가 활활 타오른다….

5 **실내. 덤블도어의 방. 호그와트 마법 학교. 아침.**

덤블도어는 눈을 감은 채 창문 앞에 서 있다. 천천히 덤블도어의 얼굴이 화면 중심에 들어온다. 덤블도어가 눈을 뜬다. 현재로 돌아왔다.

덤블도어는 피의 맹세 약병을 손에 쥐고 있다. 약병의 사슬 줄이 그의 손목에 칭칭 감겨 있다.

십대 시절 덤블도어와 그린델왈드는 마법 세계뿐만 아니라 그 외 다른 세계까지 지배할 계획을 세웠습니다. 그린델왈드는 그 계획을 지금 현실로 이루려 하고 있죠. 하지만 덤블도어는 생각이 바뀌었어요. 자신이 과거에 잘못 생각했다는 걸 깨닫고 잘못을 바로잡으려 최선을 다하죠. 저는 이게 중요하다고 봅니다. 누구나 살면서 실수를 할 수 있어요. 중요한 건 실수를 인정하고 실수를 통해 배우고 나아가는 겁니다.

-데이비드 헤이먼(제작자)

**6 실외. 텐즈산의 호수. 밤.**

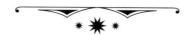

광활하고 아름다운 풍경. 낮게 뜬 달 아래, 산 그림자에 가려진 호수 위로 석회암 기둥이 장엄하게 솟아 있다. 천사의 눈이다.

뉴트가 뗏목을 타고 노를 저어 호수를 가로지른다.

**7 실외. 텐즈산. 잠시 후. 밤.**

깐닥이는 뗏목을 뒤로 하고 호숫가로 조심스레 올라서는 발. 뉴트 스캐맨더다.

호수와 물줄기가 뒤로 멀어지고 뉴트는 대나무 숲으로 올라가기 시작한다.

짐승의 울음소리가 풍경을 가로지르며 아득하게 퍼져 나간다. 뉴트는 잠시 그 소리에 귀를 기울인다. 뉴트의 어깨에 올라탄 피켓도 덩달아 귀를 기울인다.

**뉴트**

(속삭이며)
준비가 됐구나.

뉴트 스캐맨더 의상 스케치

야생에서 동물들을 찾아다니는 때가 뉴트에겐 최고로 행복한 순간이죠. 여기서 뉴트는 기린이라는 매우 아름답고 특별한 동물을 보게 됩니다. 기린은 마법 세계의 전설적인 동물이에요. 뉴트는 신체적으로나 사교적으로 좀 떨어지지만 자연에 관해서만큼은 대단한 재능을 갖고 있는데, 뉴트의 이런 특성이 저는 늘 좋았어요. 이 장면을 대본에서 처음 봤을 때 짜릿하더라고요. 영화 시작 부분에서 인디아나 존스 같은 장면이 나오는데, 뉴트는 여기서 제일 편안한 모습을 보여줍니다.

-에디 레드메인(뉴트 스캐맨더 역)

**8 실외. 텐즈산의 움푹 꺼진 곳. 잠시 후. 밤.**

뉴트는 마치 성당 같은 커다란 동굴 입구를 향해 재빠르면서도 조심스럽게 걸음을 옮긴다. 가까이 가자 동굴 안에서 그림자에 반쯤 가려진 무언가가 움직인다.

**9 실외. 텐즈산의 움푹 꺼진 곳. 잠시 후. 밤.**

뉴트는 조심스럽게 손을 뻗어 짐승의 등을 쓰다듬는다. 천천히 움직거리는 짐승은 바로 암컷 기린이다. 반은 용이고 반은 말인 짐승으로, 강력하지만 귀여운 면도 있다. 가쁘게 숨 쉬는 기린의 얼룩덜룩한 가죽이 씰룩거린다. 곤충과 밀림의 초목 조각, 흙이 몸에 묻어 있다.

기린이 또다시 울음소리를 낸다.

기린의 배 아래 땅바닥에 황금빛이 퍼져나간다. 뉴트는 황홀해하며 미소 짓는다. 어미 기린의 배 아래서 새끼 기린이 스르르 모습을 나타낸다. 아름답고 가녀린 새끼 기린이 멍하니 눈을 깜박인다. 새끼 기린은 주변에 호기심을 보이며 코를 킁킁거리다가 조그맣게 운다. 자그마한 몸뚱이가 황금빛을 발하자, 새끼 기린을 내려다보는 뉴트와 피켓의 얼굴에도 잠시 그 빛이 비친다.

바르르 떨고 비틀대는 새끼 기린을 어미 기린이 혀로 핥는다. 뉴트는 뒤로 물러나 그 모습을 지켜본다.

새끼 기린 스케치

**뉴트**

(피켓을 한번 쳐다보고는)
아름다워.
(일어서며)
좋아. 이제 어려운 일을 해야지.

뉴트는 가방으로 손을 뻗어 천천히 연다. 가방의 뚜껑 안쪽에 붙어 있는 티나의 사진이 보인다.

무성한 덤불 사이로 지팡이를 든 사람들이 다가오고 있다….

…그린델왈드의 부하 로지어와 캐로가 새끼 기린을 탐욕스럽게 바라본다.

치익 소리와 함께 로지어와 캐로가 지팡이를 들어 공격 주문으로 어미 기린의 몸통을 가격한다. 어미 기린이 비틀거리며 밤의 어둠 속으로 비명을 내지르다가, 다리가 접히며 쓰러진다.

맹공격:

뉴트는 방어 주문으로 반격한다. 방어막이 만들어지지만 이미 늦었다.

부하들 사이에서 시커먼 형체가 나타난다. 성장하고 한층 자신감을 갖게 된 크레덴스가 뉴트의 방어막을 지팡이로 공격한다.

해리 포터나 마법 세계의 다른 인물들과 달리 뉴트는 위대하거나 강력한 마법사로 묘사되지 않았지만 자신만의 마법 재능을 갖고 있어요. 예를 들면 이 싸움에서도 뉴트는 대놓고 결투 마법을 쓰기보다는 나뭇잎을 회오리바람 속으로 몰아넣거나 방어막으로 쓰는 등 자연물을 활용합니다. 뉴트의 마법은 화려하지는 않지만 그의 성격에 어울려요.

-에디 레드메인(뉴트 스캐맨더 역)

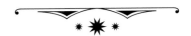

뉴트가 지팡이로 가방을 가리킨다.

**뉴트**

*아씨오!*

가방이 휙 날아와 뉴트의 손에 잡힌다.

크레덴스가 방어막을 찢어버린다. 움푹 꺼진 아래쪽으로 몸을 날린 뉴트는 덤불 사이로 달리고 구르며 위험한 경사로를 내려간다.

뒤에서 날아온 마법 공격에 뉴트 주변의 대나무가 탁 소리를 내며 쪼개진다. 뉴트가 들고 있던 가방이 저만치 굴러간다.

저 앞 덤불에 겁에 질린 연약한 새끼 기린이 서 있다.

뉴트는 새끼 기린을 품에 안고 더 빨리 달리며 옆을 돌아본다….

…가방에서 다리가 튀어나온다. 가방은 이리저리 부딪치고 언덕을 굴러 내려가며 뉴트 쪽으로 방향을 튼다.

뉴트를 향해 날아온 캐로가 새끼 기린을 빼앗으려 두 손을 뻗는다. 뉴트가 반격해 캐로를 저만치 날려보낸다.

타악! 마법 공격이 머리 위를 스치듯 날아가고 뉴트는 재빨리 고개를 숙이며 새끼 기린을 팔로 감싼다. 또다시 공격받은 뉴트는 몸이 훽 떠올랐다가 떨어진다.
뉴트는 저 아래 소용돌이치는 물속으로 풍덩 빠진다.

거품이 이는 수면에 피켓의 머리가 떠오른다. 물가 쪽으로 헤엄쳐 간 피켓은 기절한 채 반대편 물가 쪽으로 둥둥 떠 가다가 멈춘 뉴트를 걱정스럽게 돌아본다.

와이드 숏…

…천사의 눈에서 쏟아져 내리는 아름다운 폭포의 아래쪽이 보인다.

몽롱한 상태로 누워 눈을 껌벅이면서 하늘을 올려다보던 뉴트가 드디어 고개를 든다.

뉴트의 시점

…자비니가 자루를 잡고 입구를 벌린다. 로지어는 새끼 기린을 안아 올려 자루에 거칠게 집어넣는다. 휘익! 그들은 순식간에 사라진다.

뉴트가 힘겹게 일어나 앉는다.

장면 전환:

…뉴트는 한쪽 팔로 가방을 감싸 들고 움푹 꺼진 지형으로 비틀거리며 돌아간다. 제일 높은 곳에 다다르자 어미 기린이 그림자 진 곳에 가만히 누워 있다. 뉴트는 어미 기린의 움직이지 않는 몸뚱이에 무너지듯 기댄다. 뉴트의 가슴이 고통스럽게 들썩인다.

뉴트

정말 미안해.

뉴트는 텅 빈 하늘을 힐끗 올려다본다. 눈꺼풀이 무거워지고… 잠이 온다…. 숨을 들이마시자 가슴이 찬찬히 부푼다….

뉴트의 얼굴에 부드러운 빛이 피어난다.

눈꺼풀이 떨리고 뉴트가 눈을 뜬다. 그의 몸 저 아래쪽 땅에서 빛이 보인다.

고개를 돌린 뉴트는 어미 기린을 살핀다. 그의 눈가가 파르르 떨린다….

…조그맣게 매애 우는 소리가 정적을 깬다. 뉴트의 등 쪽에서 한층 더 밝은 빛이 보인다. 고개를 돌린 뉴트의 눈에…

…꿈틀거리며 걸어오는 두 번째 새끼 기린이 보인다. 조심스럽게 주변을 둘러보던 새끼 기린이 뉴트를 마주 바라본다. 뉴트는 미소 띤 얼굴로 새끼 기린을 품에 안는다. 뉴트는 어미 기린을 가만히… 돌아본다….

뉴트

쌍둥이구나. 쌍둥이를 낳았어….

뉴트가 지켜보는 동안 어미 기린의 눈에서 눈물 한 방울이 흘러내린다. 어미 기린의 동공이 열리자 뉴트의 표정이 어두워진다. 그는 숨이 끊어진 어미 기린의 몸에 등을 기댄다.

뉴트의 주머니에서 천천히 고개를 내민 피켓이 놀란 눈으로 새끼 기린을 바라본다.

뉴트가 가방을 향해 고갯짓하자 피켓이 가방 쪽으로 폴짝 다가가 어떻게 해야 할지 알려달라는 듯 가방의 한쪽 걸쇠 앞에 선다.

뉴트가 기린을 품에 안은 채 걸쇠 하나를 풀고 피켓이 다른 쪽 걸쇠를 푼다.

가방 밖으로 고개를 내민 테디가 뉴트를 쳐다보다가 새끼 기린 쪽으로 시선을 돌린다.

가방 저 아래 깊숙한 곳에서 와이번이 길쭉한 다리를 쭉 뻗으며 하늘로 날아오른다. 계속해서 날아오른 와이번은 가방 뚜껑 안쪽에 붙어 있는 티나 골드스틴의 사진을 지나고 테디를 지나서, 가방에서 쑥 나와 천사의 눈에 내려선다.

와이번의 몸이 마법을 부리듯 아름답게 부풀기 시작한다. 뉴트는 남은 힘을 다해 새끼 기린을 품에 껴안아서 외투 자락 안쪽으로 집어넣는다. 새끼 기린은 몸을 바르르 떨며 뉴트의 품 안에서 조그맣게 운다.

뉴트를 꼬리로 칭칭 감은 와이번이 뉴트와 새끼 기린을 조심스럽게 들고 날아오른다.

고도를 높인 와이번은 뉴트와 새끼 기린을 데리고 탁 트인 폭포 지대를 지나, 떠오르는 해의 첫 햇살을 받아 희미하게 반짝이는 지평선을 향해 날아가면서 커다란 날개를 우아하게 펼친다.

**화면에 제목 등장:**

**신비한 동물들과 덤블도어의 비밀**

**10 실외. 누멘가드 성 입구/뜰. 아침.**

부하들이 성의 뜰 반대쪽 끝에 속속 나타나는 모습을 카메라가 공중에서 이동하며 비춘다. 그린델왈드가 성문 밖으로 나온다.

크레덴스가 다른 부하들과 거리를 두고 선다.

그린델왈드의 시선은 크레덴스가 들고 온 자루에 쏠려 있다. 로지어는 말없이 지켜보고 그린델왈드는 앞으로 걸어 나간다.

**그린델왈드**

가봐.

누멘가드 성

부하들이 조용히 물러간다. 한두 명이 뒤를 힐끗 돌아본다. 그들은 이제 크레덴스가 그린델왈드의 총애를 받고 있음을 안다. 크레덴스와 둘만 있게 되자 그린델왈드는 자루를 향해 고개를 끄덕인다.

**그린델왈드**

어디 보자.

새끼 기린을 받아 든 그린델왈드는 기린의 촉촉한 두 눈을 유심히 들여다본다. 바르르 떠는 기린의 코에서 콧물이 흐른다.

**크레덴스**

특별한 짐승이라던데요.

**그린델왈드**

아, 특별한 정도가 아니야. 자, 이 눈 보이지? 이 눈은 모든 걸 봐. 기린이 태어나면 진정한 지도자가 등장해 세상을 영원히 바꾼다고 하지. 이 기린의 탄생으로 모든 게 바뀔 거다, 크레덴스.

크레덴스가 의아하다는 듯 기린을 바라본다.

**그린델왈드**

잘했다.

그린델왈드는 크레덴스의 뺨에 손을 갖다 댄다. 크레덴스는 친밀한 손길이 익숙하지 않은 듯, 그린델왈드의 손에 자기 손을 갖다 댄다.

그린델왈드

가서 쉬어.

**11 실내. 응접실. 아침.**

퀴니의 시야에서 크레덴스가 사라진다. 퀴니의 시선은 다시 그린델왈드에게 향한다. 그린델왈드는 기린을 판석에 내려놓고 매료된 듯 바라본다.

그린델왈드는 기린을 가만히 일으켜 세우고 그 앞에 자리를 잡는다. 시간이 잠시 흐르지만 아무 일도 일어나지 않는다. 천천히 고개를 든 기린의 지친 눈이 그린델왈드의 기대에 찬 눈을 마주 본다. 그리고…

…기린이 고개를 돌려버리자 그린델왈드의 표정이 굳어진다. 그는 기린을 집어 올려 품에 안고 주머니에 손을 넣는다. 주머니에서 나오는 그의 손에 번뜩이는 물건이 쥐어져 있다. 그린델왈드가 팔을 들어 올리고…

…판석에 피가 튄다. 그린델왈드가 쥐고 있는 번뜩이는 칼날이 붉게 물들었다. 퀴니는 그에게 들리지 않도록 숨을 죽인다.

판석에 고인 핏물에 환영이 나타난다. 높은 곳에서 내려다보는 식으로 나타난 환영으로, 눈길을 걸어오는 두 사람의 모습이 보인다.

장면 전환:

호그스미드 마을

**12 실외. 호그스미드 마을. 낮.**

뉴트와 테세우스가 낡아빠진 그린델왈드 현상 수배 포스터를 지나, 눈 쌓인 길을 터벅터벅 걸어가고 있다. -포스터에 적힌 글: 이 마법사를 보셨습니까?

**테세우스**

무슨 일 때문인지 말 안 해줄 거야?

**뉴트**

그냥 만나자고, 형을 데려오라고 하셨어.

**테세우스**

그래.

호그스미드 마을으로 걸어가면서 테세우스는 뉴트의 표정을 살핀다.

**13 실내. 호그스 헤드 술집. 잠시 후. 낮.**

수염을 기른 술집 주인(애버포스 덤블도어)이 더러운 걸레로 바 뒤의 거울을 닦고 있다. 그는 술집으로 들어오는 뉴트와 테세우스를 거울을 통해 보면서 미심쩍은 시선을 보낸다. 뉴트와 테세우스가 너저분한 술집 안을 둘러보는 동안에도 애버포스는 계속 걸레질을 한다.

**애버포스**

형을 만나러 왔나?

뉴트가 그에게 다가간다.

**뉴트**

알버스 덤블도어 씨를 만나러 왔는데요.

애버포스는 거울에 비친 그들의 모습을 한 번 더 쳐다보고는 돌아선다.

**애버포스**

그 사람이 내 형이야.

**뉴트**

아. 죄송합니다. 음… 어, 저는 뉴트 스캐맨더고 이 쪽은…

뉴트가 악수하려 손을 내밀지만 애버포스는 돌아서 버린다.

**애버포스**

위층으로 올라가 봐. 왼쪽 첫 번째 방.

뉴트는 손을 내민 채 어색하게 서 있다가 고개를 끄덕이고는 테세우스를 힐끗 돌아본다. 테세우스는 눈썹을 치켜뜬다.

호그스 헤드 술집

**14 실내. 위층 방. 호그스 헤드 술집. 낮.**

**덤블도어**

자네를 여기로 왜 불렀는지 뉴트가 얘기해 주던가?

**테세우스**

미리 얘기해 줬어야 하는 일입니까?

덤블도어는 도전적인 말투에 테세우스를 눈여겨본다.

**덤블도어**

아니. 그렇지는 않아.

테세우스가 뉴트를 쳐다본다. 뉴트는 힘겹게 테세우스와 눈을 맞춘다.

**뉴트**

우리가… 그러니까 덤블도어 교수님이… 형한테
하실 말씀이 있대. 제안할 게 있다고.

테세우스는 동생을 바라보다가 덤블도어에게 시선을 돌린다.

**테세우스**

그래.

방을 가로질러 온 덤블도어는 탁자 위에 놓인 피의 맹세 약병을 집어 든다. 모닥불 빛을 받은 약병이 줄에 매달린 채 달랑거린다.

덤블도어는 언제나 수수께끼 같은 인물이었어요. 말도 안 되게 위험한 일을 처리하면서도 반짝이는 재치, 장난기를 잃지 않죠. 덤블도어와 뉴트의 사이는 아버지와 아들, 스승과 제자 같은 느낌입니다. 영화 1, 2편에서 덤블도어는 뉴트를 보내 성가신 일을 대신 처리하게 하죠. 3편에서는 뉴트를 자신의 세계로 받아들이는 느낌입니다.

-에디 레드메인(뉴트 스캐맨더 역)

**덤블도어**

이게 뭔지 알겠지.

**테세우스**

뉴트가 파리에서 확보한 거군요. 그런 물건과 관련해 경험이 많지는 않습니다만, 피의 맹세 약병처럼 보이네요.

**덤블도어**

맞아.

**테세우스**

누구 피가 담긴 겁니까?

**덤블도어**

내 피.
(잠깐 뜸 들이고)
그리고 그린델왈드의 피.

**테세우스**

그래서 그자와 못 싸우시는군요?

**덤블도어**

그래. 그린델왈드도 마찬가지야.

테세우스는 고개를 끄덕이며 약병을 바라본다. 핏방울들이 시계추처럼 서로를 중심으로 빙글빙글 돌고 있다.

**테세우스**

왜 그렇게 하신 겁니까?

**덤블도어**

사랑. 오만. 순진함. 뭐든 이유가 될 수 있겠지. 우린 어렸고 세상을 바꾸고 싶었어. 그래서 이런 맹세를 한 거야. 그래야 한쪽이 마음을 바꾸더라도 목표를 이룰 수 있으니까.

**테세우스**

교수님이 그자와 싸우려고 하면 어떻게 됩니까?

뉴트는 기대에 찬 눈빛으로 덤블도어를 바라본다. 덤블도어는 조용히 약병을 들여다본다.

**덤블도어**

참 아름다워. 그런데 내가 맹세를 깰 생각만 해도…

약병이 붉은빛을 발하더니 사슬 줄에서 떨어져 나간다. 약병은 바닥에 툭 떨어졌다가 벽으로 날아간다. 덤블도어가 지팡이로 겨냥하자 그의 팔에 감겨 있던 약병의 사슬 줄이 조여들면서 살을 깊게 파고든다.

이번 영화에서는 알버스 덤블도어의 인생에서 흥미로웠던 시기를 보여줍니다. 해리 포터 영화를 통해 모두에게 사랑받는 존재가 된 덤블도어지만 여기서는 미완성인 모습으로 나오죠. 감정적으로 큰 변화를 겪으면서 일생일대의 결정을 내려야 하는 상황에 놓이게 됩니다. 온갖 일을 겪고 나서 비로소 많은 이들에게 사랑받는 현명한 알버스 덤블도어 교장으로 거듭나는 거죠. 여기서는 과거와 옛 친구, 숙적, 자기 자신과 맞서는 알버스의 모습을 볼 수 있습니다.

-주드 로(알버스 덤블도어 역)

뉴트와 테세우스가 바라보는 동안, 덤블도어는 벽을 파고들어 가는 약병을 향해 다가간다. 약병에 홀리기라도 한 듯 덤블도어의 입가에 묘한 미소가 퍼진다.

**덤블도어**

이렇게 알아챘다니까….

덤블도어는 꼼짝 못 하고 사슬 줄에 조여드는 팔을 바라본다. 팔의 혈관이 무섭게 불거진다. 덤블도어는 고통에 얼굴을 찡그리면서, 쥐고 있던 지팡이를 떨군다.

**덤블도어**

배신하려는 내 생각을 읽은 거야….

뉴트의 시선이 약병 안에서 미친 듯이 돌고 있는 핏방울들 쪽으로 돌아간다.

덤블도어가 약병을 바라보는 동안, 약병은 벽을 파고들어 갈 듯 한층 더 격하게 흔들리고 사슬 줄은 뱀처럼 덤블도어의 목으로 올라가 휘감는다….

**뉴트**

교수님….

…줄이 점점 더 바짝 조여든다….

**뉴트**

교수님….

…덤블도어의 눈이 뒤집힐 듯 위로 올라간다….

**뉴트**

교수님!

약병이 바닥으로 툭 떨어졌다가 덤블도어의 손으로 날아 들어간다. 그의 목을 감고 있던 사슬 줄이 스르르 풀려나 약병으로 다시 가 붙는다. 사슬 줄이 느슨해지자 덤블도어는 그제야 숨을 훅 들이마시고 그의 가슴이 크게 들썩인다. 덤블도어가 손을 펼치자, 그의 손바닥에서 약병이 잠깐 바르르 떨다가 잠잠해진다.

**덤블도어**

이 정도는 별거 아니야. 어린 시절에 건 마법이지만 보다시피 강력해. 풀 수도 없고.

**테세우스**

제안이 기린과 관계돼 있군요?

덤블도어가 뉴트를 힐끗 쳐다본다.

**뉴트**

형은 아무한테도 말 안 할 겁니다.

덤블도어는 테세우스를 돌아본다.

**덤블도어**

기린은 그를 이기기 위한 수단 중 일부일 뿐이야. 우리가 아는 세상은 무너질 거야. 겔러트는 증오와 편견으로 세상을 찢어놓으려 하겠지. 그를 막지 못하면 지금은 상상할 수도 없는 일이 내일은 현실이 되어버릴 수 있어. 내 요청대로 할 생각이면 우선 나를 믿어야 돼. 자네의 본능이 나를 믿지 말라고 하더라도.

테세우스는 뉴트를 한번 쳐다보고는 덤블도어의 눈을 마주 본다.

**테세우스**

일단 들어보겠습니다.

**15 실내. 크레덴스의 방. 누멘가드 성. 낮.**

크레덴스의 얼굴이 프레임에 들어온다. 그는 거울에 비친 자신의 눈을 바라보다가 한 손을 들어 올린다. 파리가 팔에 붙어 기어가는 모습을 조용히 지켜보던 크레덴스가 시선을 든다.

퀴니가 문간에 서 있다.

**크레덴스**

그가 보냈어요? 나를 감시하라고?

퀴니 골드스틴 의상 스케치

**퀴니**

그건 아니고, 네 생각이랑 기분이 어떤지 알아보라고 했어.

**크레덴스**

다른 사람들은요? 그 사람들의 생각과 기분에 대해서도 물어봤어요?

**퀴니**

응. 하지만 대부분은 너에 관해 물어.

**크레덴스**

말해줬어요?

퀴니가 대답하려다가 머뭇거린다. 그의 손 혈관이 희미하게 빛났다가 정상으로 돌아온다. 크레덴스는 고개를 돌려 처음으로 퀴니를 똑바로 쳐다본다.

**크레덴스**

말했군요.

그는 미소를 짓는다. 상대를 불안하게 만드는 미소다.

**크레덴스**

이제 누가 누구 마음을 읽는 거죠?
(그의 얼굴에서 미소가 걷히고)
뭐가 보여요?

퀴니는 그를 가만히 바라본다.

**퀴니**

넌 덤블도어 가문 사람이야. 유력한 가문이지. 그린델왈드 님이 말해줬으니 너도 알잖아. 그린델왈드 님은 그 가문 사람들이 널 버렸다고, 넌 그 집안의 추악한 비밀이라고 말했어. 덤블도어에게 버림을 받아봐서 네가 어떤 기분인지 안다고도 말했지. 그러면서… 그 이유로 너에게 덤블도어를 죽이라고 명령했고.

크레덴스의 입가에서 미소가 걷힌다.

**크레덴스**

그만 나가요, 퀴니.

고개를 끄덕인 퀴니는 나가려다가 문간에서 걸음을 멈춘다.

**퀴니**

내가 항상, 모든 걸 다, 그분에게 말해주지는 않아.

퀴니가 방을 나가자 문이 조용히 닫힌다. 크레덴스는 잠시 그 자리에 가만히 서 있다. 문득 거울이 그의 눈길을 사로잡는다. 마치 보이지 않는 손이 쓰는 것처럼 거울 표면에 천천히 글씨가 나타난다.

**…용서해 줘….**

크레덴스는 놀라지 않은 표정이다. 앞으로 걸어가 손을 들어… 거울의 글씨를 문질러 지운다.

**16 실외. 코왈스키 빵집. 로어이스트사이드. 동트기 전.**

낡은 금속 창문 셔터가 덜컥거리며 위로 올라간다. 서글프고 외로운 모습의 제이콥 코왈스키가 쌀쌀한 빵집 바깥에서 가게 안을 울적하게 들여다본다.

**17 실내. 코왈스키 빵집. 동트기 전.**

오븐 문이 열리고 오븐 안의 불을 확인하는 제이콥의 모습.

제이콥은 뻣뻣한 솔로 된 빗자루를 들고 진열창 쪽으로 걸어가며 빗자루질을 시작한다. 어제 떨어진 빵 부스러기를 쓸어내면서 간간이 보이는 바퀴벌레를 내쫓기 위해서다.

**18 실내. 코왈스키 빵집 뒷방. 잠시 후. 동트기 전.**

클로즈업—웨딩 케이크

케이크를 뒤덮은 하얀 아이싱. 솜사탕으로 만든 단. 자그마한 인형 두 개. 단 위에 서 있는 신부 인형과 아이싱이 뿌려진 제단 아래쪽에 엎어져 있는 신랑 인형.

제이콥이 조심스럽게 신랑 인형을 집어 들어 세우려는데, 딸랑딸랑! 가게 종이 울린다. 제이콥은 아이싱 위에 신랑을 도로 내려놓는다.

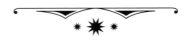

**19 실내. 코왈스키 빵집. 잠시 후. 동트기 전.**

앞치마를 어깨에 걸치고 뒷방에서 가게로 나간 제이콥이 굳어 선다.

**제이콥**

아직 문 안 열었습니다만….

한 여자가 페이스트리 선반을 바라보고 있다.

**제이콥**

퀴니.

여자가 환하게 웃으며 돌아선다. 퀴니다.

**퀴니**

안녕. 자기.

제이콥이 다가간다.

**퀴니**

자기야, 빵집이 꼭 유령 마을처럼 텅 비었네.

**제이콥**

어. 보… 보… 보고 싶었어.

제이콥 코왈스키 의상 스케치

KOWALSKI K BAKERY

WE MAKE

**BREAD, PASTRIES, CAKES**

AND

**FANCY CONFECTIONS.**

---

PIERNIK ~ PACZKIS

FAWORKI AKA ~ CHRUST

FROM 2¢ EACH, OR 4 FOR 6¢.

BABKA ~ MAKOWIEC

SERNIK ~ BY THE SLICE.

---

**BREADS FROM 5¢ A LOAF.**

INCLUDING

OBWARZANEK KRAKOWSK

CHALLAH ~ ANGIELKA

AND

SLĄSK BREADS.

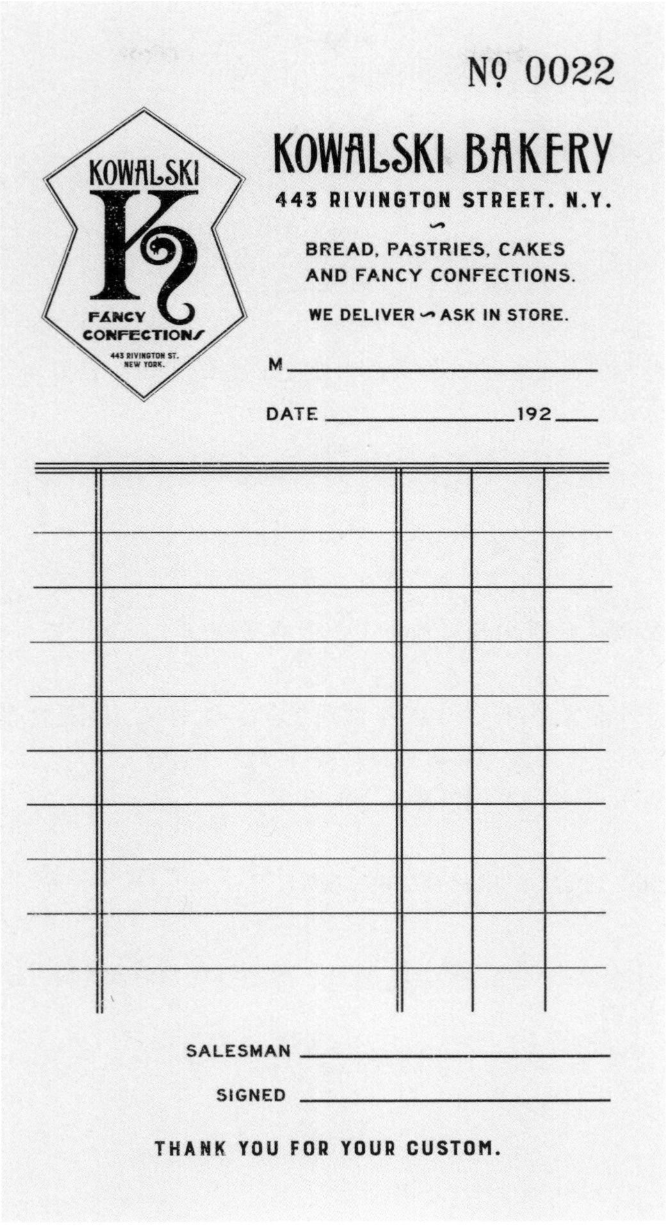

№ 0022

KOWALSKI BAKERY

443 RIVINGTON STREET. N.Y.

BREAD, PASTRIES, CAKES
AND FANCY CONFECTIONS.

WE DELIVER ~ ASK IN STORE.

KOWALSKI
K
FANCY
CONFECTIONS
443 RIVINGTON ST.
NEW YORK.

M ____________________

DATE ______________ 192 ____

| | | | |
|---|---|---|---|
| | | | |
| | | | |
| | | | |
| | | | |
| | | | |
| | | | |
| | | | |
| | | | |
| | | | |

SALESMAN ____________________

SIGNED ____________________

THANK YOU FOR YOUR CUSTOM.

(위) 코왈스키 빵집 영수증 판
(옆) 코왈스키 빵집 가격표

제이콥의 눈에 눈물이 고인다.

**퀴니**

아, 자기야. 이리 와… 얼른.

퀴니가 제이콥을 품에 안는다. 제이콥이 눈을 감는다.

**퀴니**

다 괜찮을 거야.
다 잘 풀릴 거야….

새로운 앵글—텅 빈 빵집 안에서 혼자 제 몸을 포옹하고 있는 제이콥

제이콥이 눈을 뜬다. 혼자인 걸 알고 한숨을 푹 쉰다. 지저분한 진열창 밖, 길 맞은편 버스 정류장 벤치에 앉아 있는 소심한 인상의 젊은 여자(율랄리 '랠리' 힉스)가 제이콥의 눈에 띈다.

**20 실외. 버스 정류장. 로어이스트사이드. 동트기 전.**

책을 읽고 있는 랠리. 일꾼으로 보이는 세 남자가 랠리에게 다가간다.

그중 한 명이 앞으로 나서며 말을 건다.

**일꾼1**

어이 아가씨. 시내에는 무슨 일이야?

랠리는 계속 책을 읽는다.

**랠리**

종일 생각한 대사가 겨우 그거라니.

일꾼1은 살짝 당황한 눈치다. 랠리는 여전히 책만 들여다보고 있다.

**일꾼1**

아, 무섭게 해줘? 원하는 게 그거야?

랠리가 그를 싸늘하게 쳐다보자 일꾼1은 어쩌라는 거냐는 눈빛으로 마주 본다.

**랠리**

별로 무섭지가 않잖아.

**일꾼1**

이 정도면 꽤 무서울 텐데. 정말 안 무서워?

그는 같이 온 일꾼들을 돌아보는데 그들도 딱히 안 무섭다는 표정이다.

**랠리**

미친 사람처럼 양팔을 휘두르면 좀 무섭게 보일 수도 있어.

일꾼1이 세차게 팔을 휘젓고 있는데, 랠리는 왼쪽으로 고개를 살짝 기울여 길 건너편을 힐끗 쳐다본다.

**랠리**

좋아. 조금 더 해봐.

**21 실내. 코왈스키 빵집. 동트기 전.**

일꾼1이 랠리 앞에서 양팔을 휘저어 대기 시작하자 제이콥이 눈을 가늘게 뜨고 가게 밖을 내다본다.

**22 실외. 버스 정류장. 로어이스트사이드. 동트기 전.**

**랠리**

그래. 계속해. 계속. 좋아. 셋, 둘, 하나….

**제이콥(O.S.)**

이봐!

제이콥이 콜로니얼 걸 밀가루가 부옇게 날리는 빵집을 박차고 나온다. 그는 금속 스푼으로 프라이팬을 요란하게 두들기며 성큼성큼 길을 건너온다. 일꾼 세 명이 랠리를 뒤로 하고 제이콥에게 어슬렁어슬렁 다가간다.

**제이콥**

그만들 하고 여기서 꺼져….

**일꾼1**

당신이 무슨 상관이야, 빵집 아저씨?

제이콥

아, 젠장. 부끄러운 줄 알아.

랠리는 제이콥에게 다가서는 세 남자에게 시선을 떼지 않고 상황을 면밀히 살펴본다.

제이콥

좋아. 먼저 쳐. 어서.

일꾼1

정말?

팟!

일꾼1이 픽 쓰러진다. 제이콥은 그 자리에 얼어붙는다. 잠시 후 제이콥이 쥐고 있던 프라이팬이 땅바닥에 달가닥 떨어진다.

일꾼1이 비척비척 일어나 앉으며 손으로 목을 문지른다.

일꾼1

다시는 도와주나 봐라…. 랠리!

랠리가 수수한 짧은 머리에 지팡이를 갖다 대자 빠르게 변신이 이루어진다. 윤기 나는 머리카락이 길게 흘러내리고 안경이 사라진다. 초라한 드레스와 빳빳한 목깃이 달린 셔츠는 맵시 있게 재단된 바지와 부드럽게 흐르는 듯한 블라우스로 변한다.

**랠리**

이런, 프랭크. 가끔 내 힘을 잊어버리네. 여기서부터는 내가 맡을게. 다들 고마워!

**일꾼3**

천만에.

**일꾼2**

나중에 봐, 랠리….

**랠리**

잘 가, 스탠리. 조만간 비퍼들러 더들리 경기 보러 갈게.

**일꾼2**

그래.

**랠리**

사촌 스탠리예요. 마법사죠.

제이콥은 얼른 프라이팬을 집어 들고 고개를 절레절레 흔들며 가게로 돌아간다.

**제이콥**

맙소사!

**랠리**

제발 시작부터 힘들게 하지 말아요.

**제이콥**

빠지겠다고 했잖아요. 안 엮이고 싶다니까요.

**랠리**

그러지 말고요, 코왈스키 씨….

제이콥이 빵집 안으로 들어간다.

**제이콥**

심리 치료사가 마법사 같은 건 없다고 했는데.
쓸데없이 돈만 썼네!

빵집 안으로 순간 이동해 들어온 랠리가 제이콥 맞은편에 서서 시나몬 번을 베어 문다.

**랠리**

내가 마법사인 건 알죠?

**제이콥**

알죠. 착한 마법사 같은데 내가 당신 같은 사람들 때문에 무슨 일을 겪었는지는 모르나 보네요. 내 인생에서 그만 나가줘요.

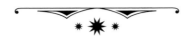

제이콥은 빵집 문을 열어젖히며 랠리에게 나가라고 손짓한다. 랠리가 계속 말하려 하자 제이콥은 프라이팬을 팔 아래 낀 채로 가게 밖으로 나가버린다. 랠리가 그의 뒤를 쫓아간다.

**랠리**

(한바탕 말을 늘어놓는다)
일 년 전에 당신은 영세 사업 대출을 받으려고 여기서 여섯 블록 떨어진 곳에 있는 스틴 국립 은행을 찾아갔어요. 거기서 유명하고 그리고 유일한 마법동물학자인 뉴트 스캐맨더를 만났죠. 그를 통해 당신은 완전히 새로운 세상이 있다는 걸 알게 됐어요. 그리고 퀴니 골드스틴이라는 마법사를 만나 사랑에 빠지게 됐죠. 망각 주문도 당신의 기억을 지우지 못했고 당신은 퀴니 골드스틴과 다시 만나게 됐어요. 하지만 당신이 결혼하지 않겠다고 하자 퀴니는 겔러트 그린델왈드를 따르는 어둠의 무리에 합류했어요. 4세기 만에 당신네 세계와 우리 세계를 위협하는 자를 따르는 무리죠. 요약 어때요?

제이콥은 벤치에 앉아 멍하니 앞을 바라본다.

**제이콥**

예. 잘했네요. 퀴니가 어둠의 무리에 넘어갔다는 부분만 빼고요. 그러니까 내 말은, 퀴니가 좀 특이하긴 해도 이 나라보다 더 크고 너그러운 마음을 가진 여자예요. 게다가 아주 똑똑하죠. 당신 머릿

속을 훤히 읽을 줄도 알아요. 퀴니는 그 뭐냐면….

**랠리**

레질리먼스요.

**제이콥**

맞아요 그거….

제이콥은 한숨을 푹 쉬며 일어나 빵집 쪽으로 걸어간다. 잠시 후 그는 랠리를 돌아본다.

**제이콥**

저기요. 이거 보이시죠. 이 팬이요.
(프라이팬을 들어 올리며)
이게 접니다. 저는 팬이에요. 그것도 움푹움푹한 낡은 팬. 흔해 빠졌죠. 멍청하기도 하고요. 무슨 생각으로 오셨는지 모르겠지만, 다른 사람을 찾아보는 게 좋을 겁니다. 살펴 가세요.

제이콥이 돌아서서 희미한 조명이 켜진 빵집으로 천천히 걸어간다.

**랠리**

그럴 것 같진 않아요, 코왈스키 씨.

제이콥은 걸음을 멈추기는 했지만 돌아서지는 않는다.

**랠리**

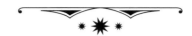

당신은 곤경에 처한 사람을 보고 카운터 밑으로 숨지 않았어요. 모른 척할 수도 있었지만 그러지 않았죠. 낯선 사람을 구하려고 위험을 무릅쓰고 나섰어요. 세상은 당신 같은 사람을 필요로 해요. 당신이 아직 모르는 것 같아서 알려주고 싶었어요.
(잠시 후)
우린 당신이 필요해요, 코왈스키 씨.

제이콥은 빵집 안의 웨딩 케이크를 바라보다가 결심을 굳힌다. 그는 돌아서서 랠리를 바라본다.

**제이콥**

알겠습니다. 편하게 제이콥이라고 부르세요.

**랠리**

랠리라고 불러요.

**제이콥**

랠리. 가게부터 잠그고요.

랠리가 지팡이를 흔든다. 빵집 문이 닫히고 조명등이 꺼지고 셔터가 내려온다. 제이콥의 옷도 바뀌었다.

**제이콥**

고맙습니다.

**랠리**

휠씬 낫네요, 제이콥.

랠리는 들고 있던 책을 손에서 놓는다. 공중에 뜬 책의 페이지들이 팔랑팔랑 부드럽게 넘어간다.
랠리가 손을 뻗자 페이지들이 점점 더 빠르게 넘어간다. 그러다 펑 터지면서 만화경 속 나비 떼처럼 페이지들이 허공에 흩어진다.

**랠리**

어떻게 작동하는지는 알겠죠, 제이콥.

둘의 손이 닿자 페이지들이 강한 회오리바람 속에 빙글빙글 돌면서 그들을 휘감는다. 휘익! 소리와 함께 그들이 사라진다. 곧이어 페이지들이 팔랑거리며 내려와 책 표지로 다시 가서 붙는다.

잠시 뒤… 남은 건 지상으로 떨어져 내리는 페이지 몇 장뿐이다.

**23 실외. 독일 시골. 낮.**

기차가 브란덴부르크주 시골 지역을 달려간다. 기차 맨 끝에 붙어 있는 칸에 초점이 맞춰진다.

**24 실내. 마법 기차 칸. 낮.**

차창 앞에 선 유서프 카마가 차창 너머로 흘러가는 눈 덮인 시골 풍경을 바라본다. 뉴트와 테세우스는 활활 타오르는 벽난로 앞에 있다. 테세우스는 손에 예언자 일보를 들었다. 예언자 일보에 적힌 글:

**선거 특집**

**누가 당선될까? 리우냐 산토스냐?**

제목 바로 아래 사진 두 개가 보인다. 선거에 나선 후보인 리우 타오와 비센시아 산토스의 사진이다.

리우와 산토스의 움직이는 사진이 들어갈 자리가 비어 있는
예언자 일보 예비 그래픽

기차 내부

우리는 해리 포터 영화를 통해 호그와트 급행열차를 봐왔습니다. 진짜 기차지만 머글들은 못 보는 기차로 설정했죠. 여기 나오는 마법 기차는 머글 기차의 끄트머리에 붙어 있는 칸 속에 있습니다. 외부에서 보이지 않는 기차라는 개념은 아닙니다. 기차가 베를린의 기차역으로 들어가면 카메라가 기차 밖에서 안으로 들어가는데, 그때 우리는 이 아름다운 마법 기차 칸이 머글 기차 끝에 붙어 있는 낡아빠진 화물칸임을 알 수 있습니다. 머글들 눈에 안 보이는 게 아니라 마법적으로 숨겨져 있는 거죠. 이번 영화에서 좀 더 재미있게 표현됐다고 보시면 됩니다.

-크리스티안 만츠(시각 효과)

신문 뒷면에 그린델왈드의 현상 수배 포스터가 게재돼 있다.

**뉴트**

마법 정부에서는 뭐라고들 해?
리우야, 산토스야?

**테세우스**

마법 정부는 어떤 공식 입장도 표명한 적이 없어.
비공식적으로는 산토스 쪽에 좀 더 가능성이 있다
고들 하지. 누가 되든 보겔보다는 나을걸.

**카마**

누가 되든?

카마가 그린델왈드 현상 수배 포스터를 쳐다본다. 테세우스가 그 뜻을 알아챘다.

**테세우스**

그린델왈드는 후보가 아니야, 카마.
게다가 도망자 신세지.

**카마**

차이가 있을까?

그때, 벽난로의 불이 화르륵 터지며 초록빛으로 변하고 제이콥이 손에 프라이팬을 든 채 난로에서 비틀거리며 걸어 나온다.

주인공들을 런던에서 베를린으로 실어 나르는 마법 기차를 통해 아르데코 스타일을 구현해 봤어요. 기차 안 벽난로의 얕은 돋을새김 패널이 바로 아르데코 벽 장식에 기반을 두고 있죠. 그 패널들의 요소를 이용해 마법 기차 회사의 로고도 만들었어요. 문장(紋章)을 만들어 마법 정부나 예언자 일보 같은 마법 세계의 여러 요소에 적용했고, 여러 매체에도 적용했어요. 기차의 기내 잡지와 기차표도 만들었는데 화면에 가까이 잡히지는 않지만 이렇게 관련된 요소들을 하나하나 구현해 가면서 마법 세계를 채워나갔습니다.

**-미라포라 미나**(그래픽 디자이너)

(위) 기차 회사 로고
(옆) 기차 내부의 얕은 돋을새김 패널 디자인

**제이콥**

빙빙 도네. 언제나 그렇듯이.

**뉴트**

제이콥! 어서 와! 역시 멋진 친구야. 힉스 교수님이 자네를 설득하실 줄 알았어!

**제이콥**

나 알잖아, 친구. 포트키(마법사를 한 장소에서 다른 장소로 이동시킬 때 사용하는 물건. 어떤 물건이든 포트키가 될 수 있음—옮긴이)를 이용할 기회를 거절할 수가 있어야지.

그때, 벽난로의 쇠살대가 또다시 타탁 소리를 내더니 랠리가 책을 들고 느긋하게 불꽃 속에서 걸어 나온다.

**랠리**

스캐맨더 씨?

**뉴트**

힉스 교수님?

**랠리/뉴트**

드디어 만났네요.

**뉴트**

(다른 사람들에게)

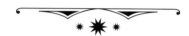

힉스 교수님이랑…
(잠시 숨을 고르며)
나는 수년 동안 편지만 주고받았지 실제로 만난 적은 없었어. 힉스 교수님의 《고급 일반 마법 주문》은 필독서야.

**랠리**

과찬이에요. 《신비한 동물 사전》이야말로 우리 학교 5학년들에게 필독서로 읽게 하고 있어요.

**뉴트**

소개할게요. 이쪽은 없어서는 안 될 제 조수 번티 브로드에이커입니다. 7년 동안 제 일을 도와줬어요….

**번티**

8년…

번티의 양어깨에 제법 성장한 니플러 두 마리가 올라앉아 있다.

**번티**

…하고 164일이에요.

**뉴트**

보세요. 없어서는 안 될 사람이라니까요. 그리고 이쪽은…

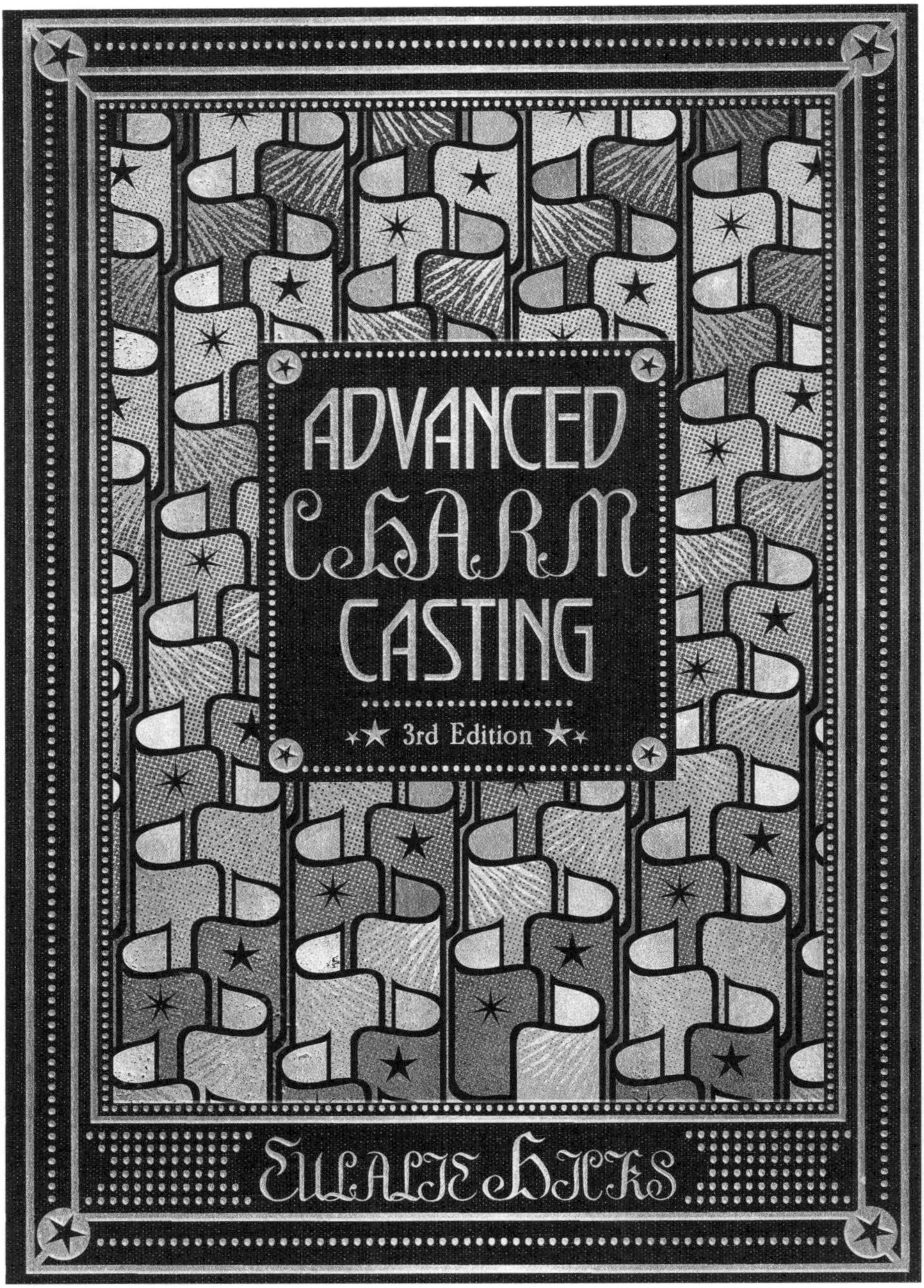


율랄리 힉스의《고급 일반 마법 주문》표지

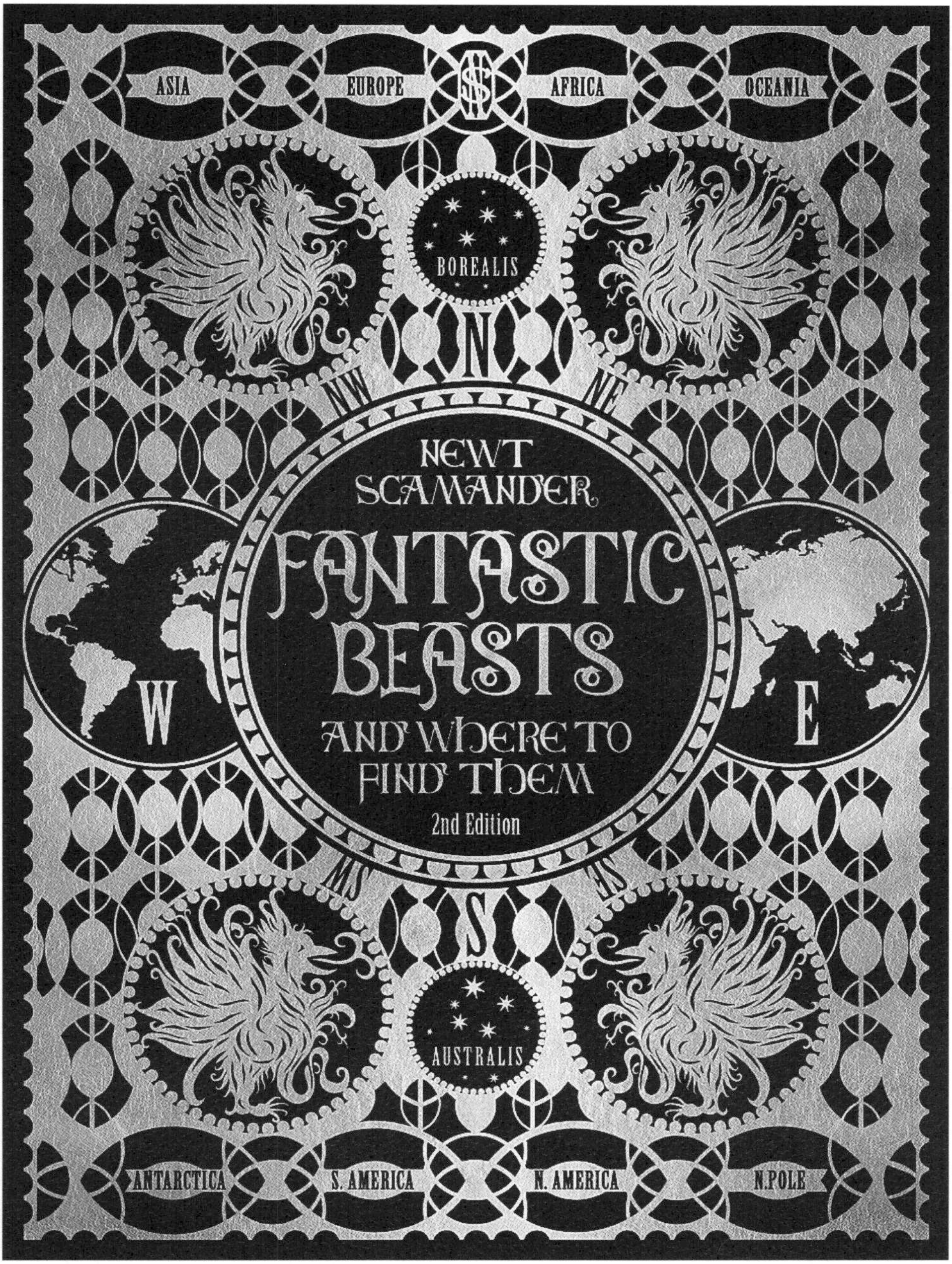


뉴트 스캐맨더의 《신비한 동물 사전》 표지

**카마**

유서프 카마입니다. 만나서 반갑습니다.

**뉴트**

제이콥은 이미 만나보셨죠….

테세우스가 헛기침을 한다. 뉴트가 멍하니 쳐다보자 테세우스가 눈썹을 치켜뜬다.

**테세우스**

뉴트.

**뉴트**

아, 그래. 미안. 이쪽은 제 형 테세우스입니다. 마법 정부에서 일해요.

**테세우스**

영국 오러 본부 부장입니다.

**랠리**

아. 마법 지팡이를 등록해야 하는데.

랠리가 싱긋 웃는다.

**테세우스**

엄밀히 말해 그건 제 담당 업무는 아닙니다….

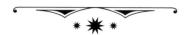

뉴트가 돌아서서 기차 칸 뒤쪽으로 걸어간다. 다른 사람들도 그를 따라간다.

**뉴트**

왜 여기 모이게 됐는지 궁금하실 겁니다.

다들 그렇다는 표정들이다.

**뉴트**

덤블도어 교수님이 메시지를 전해달라고 하셨어요. 그린델왈드는 미래를 볼 줄 압니다. 우리가 어떤 행동을 하더라도 그는 미리 알 수가 있죠. 그러니 그와 싸워 이기고 우리 세계를 지켜내려면 그를 혼란스럽게 만들 필요가 있습니다… 제이콥, 너희 머글 세계도 지키려면 이렇게 해야 해.

뉴트가 말을 마치자 잠시 침묵이 감돈다.

**제이콥**

저기. 미안한데, 미래를 아는 사람을 어떻게 혼란스럽게 만들어?

**카마**

교란 작전을 쓰자는 거군.

**뉴트**

맞습니다. 무계획이 최고의 계획이죠.

**랠리**

아니면 여러 가지 계획을 동시에 세우든가.

**뉴트**

그런 식으로 혼란을 주는 거죠.

**제이콥**

혼란스럽네.

**뉴트**

덤블도어 교수님이 너한테 이걸 전해주라고 하셨어, 제이콥.

다들 지켜보는 가운데 뉴트가 아마추어 마법사처럼 소매에서 지팡이를 꺼낸다.

**뉴트**

스네이크우드야. 귀한 건데….

**제이콥**

나 놀리는 거 아니지? 그거 진짜야?

**뉴트**

그럼, 진짜지. 심은 없지만, 그래도 거의 진짜 맞아.

**제이콥**

거의 진짜라고?

뉴트

중요한 건, 우리가 가려는 곳에서 그게 필요할 거란 사실이지.

제이콥은 지팡이를 받아들고 경외에 찬 표정으로 바라본다. 뉴트가 주머니를 뒤적거린다.

뉴트

형한테도 줄 게 있어….

다들 기대하며 기다리고 서 있다. 뉴트는 이번에도 마법사처럼 외투 안쪽에서 무언가를 꺼내려고 하는데 꺼내지질 않는다. 잠시 씨름하면서 잡아당기던 뉴트가 주머니 안쪽에 대고 말한다….

뉴트

테디, 놔. 테디, 제발. 테디. 말 들어. 이건 테세우스 거야….

뉴트가 결심하고 확 잡아당기자 테디가 주머니에서 튀어나와 날아가다가 제이콥에게 붙잡힌다. 천 조각이 바닥으로 떨어진다.

제이콥과 테디가 서로를 마주 본다.

뉴트는 허리를 굽혀 천 조각을 집어 든다. 금빛 불사조 무늬가 들어간 반짝이는 붉은 넥타이다. 뉴트는 허리를 펴고 넥타이를 테세우스에게 건넨다. 테세우스는 넥타이를 받아 앞뒤로 살펴본다.

**테세우스**

그래. 왜 안 내놓으려 했는지 이해가 되네.

**뉴트**

랠리, 랠리, 책 받으셨죠….

**랠리**

이런 말이 있어요. 책이 있으면 세상 어디든 갈 수 있다, 책을 펼치기만 하면 된다.

**제이콥**

(테디를 내려놓으며)
진짜 그렇더라고.

**뉴트**

번티. 이건 당신 거예요. 당신 혼자만 보라고 하셨어요.

뉴트는 조그맣게 접어놓은 네모난 종이쪽지를 꺼내 번티에게 건넨다. 쪽지를 펼치고 내용을 읽은 번티가 반응을 보인다. 그녀가 한 번 더 읽기도 전에 종이에 불이 붙더니 화르륵 타버린다.

**뉴트**

카마….

**카마**

난 필요한 걸 갖고 있습니다.

**제이콥**

티나는? 온대?

**뉴트**

티나는… 못 와. 승진을… 했거든. 그래서… 엄청 바빠.
(잠시 후)
내가 알기론 그래.

**랠리**

티나는 미국 오러 본부 부장이 됐어요. 잘 아는 사이인데, 정말 대단한 여성이에요.

뉴트는 랠리를 바라보며 가만히 서 있다가 입을 연다.

**뉴트**

맞아요.

**테세우스**

백 년 넘게 우리를 위협해 온 가장 위험한 마법사를 막을 팀이 이 모양이라니. 마법동물학자와 그의 없어서는 안 될 조수, 교수, 오래된 프랑스 가문의 후손 마법사… 그리고 가짜 지팡이를 가진 머글 빵집 주인.

**제이콥**

당신도 있잖아요. 당신 지팡이는 제대로 작동하고요.

제이콥은 술잔을 들고 들이켠다….

**테세우스**

그러게요. 아주 일이 술술 풀리겠어요.

덤블도어는 선량한 마음과 특별한 재능을 가진 사람들을 골랐습니다. 랠리는 유명한 일반 마법 교수고 마법 세계에서 칭찬이 자자한 사람이죠. 테세우스는 뉴트의 형이면서 자기 분야에서 최고인 영국 마법 정부 산하 오러 본부의 부장이고요. 카마의 가족사는 쓸모가 있을 겁니다. 그런데 제이콥은 왜 골랐을까요? 머글인데 왜 팀에 넣었을까요? 제이콥은 도덕적으로 올바른 데다 마음도 넓고 점잖고 상냥한 사람이기 때문이죠.

-데이비드 헤이먼(제작자)

…제이콥이 깔깔 웃는다.

장면 전환:

**25 실외. 기차역. 베를린. 저녁.**

기차가 덜컥거리며 역으로 들어간다. 냉랭한 표정의 베를린 사람들이 플랫폼에 빽빽하게 서 있다.

**26 실내. 마법 기차 칸. 저녁.**

뉴트는 가방 옆에 무릎을 굽히고 앉아 기린에게 먹이를 주고 가방을 가만히 닫는다.

**뉴트**

괜찮아, 꼬마야.

**랠리**

베를린… 멋지네요.

뉴트는 옆을 돌아본다. 랠리가 바로 옆 차창 앞에 서서 바깥을 내다보고 있다. 플랫폼에 서 있는 한 남자(키 큰 오러)가 키와 행동 때문에 눈에 띈다.

치익 하는 엔진 소음과 함께 기차가 멈춘다. 다들 본인 물건을 챙기는데 카마가 제일 먼저 문 앞으로 향한다.

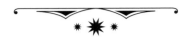

**테세우스**

카마, 몸조심해.

카마는 조용히 테세우스와 눈을 맞춘 뒤 고개를 끄덕인다. 카마가 내리자 기차 안에 서늘한 바람이 불어 든다. 번티가 뉴트의 옆으로 와 선다.

**번티**

저도 이만 가볼게요, 뉴트.

대답하려던 뉴트는 멈칫하며 시선을 내린다. 번티의 손이 뉴트의 가방 손잡이를 같이 잡고 있다.

**번티**

누구도 모든 걸 알 수는 없어요. 당신도 마찬가지예요.

뉴트는 눈을 들어 번티를 쳐다보지만 번티는 더 이상 말이 없다. 뉴트는 마침내 가방 손잡이를 손에서 놓는다.

번티는 기차에서 내리고 뉴트는 자신을 쳐다보는 테세우스와 제이콥의 시선을 느낀다. 뉴트는 고개를 돌려 창밖을 내다본다. 플랫폼에서 카마와 번티가 반대 방향으로 걸어가고 있다.

**27 실외. 거리. 베를린. 잠시 후. 밤.**

제이콥, 뉴트, 랠리, 테세우스는 눈이 가볍게 흩날리는 거리를 걸어간다.

**뉴트**

그래…. 바로 여기예요.

일행을 이끌고 골목으로 들어간 뉴트는 문장이 박힌 벽돌 벽을 향해 걸어간다. 일행이 벽돌 벽으로 곧장 걸어가는데 제이콥은 좌우와 위, 주변을 힐끔거린다. 그리고…

**휘익.**

…그들 넷은 벽돌 벽을 통과한다. 제이콥은 인상을 쓰며 뒤를 돌아보는데 아까 봤던 것과 똑같은 벽돌 벽과 문장이 보인다.

제이콥은 어깨를 으쓱하고는 앞을 바라본다. 거리에 드리워진 커다란 깃발에 인자한 인상의 마법사(안톤 보겔)의 얼굴이 그려져 있다. 저 앞에 리우와 산토스의 지지자들에게 둘러싸인 건물이 보인다.

**테세우스**

독일 마법 정부 건물이구나.

**뉴트**

맞아.

**테세우스**

우리가 여기 온 이유가 있겠지.

**뉴트**

어. 차 모임에 참석해야 돼. 서두르지 않으면 늦어.

해리 포터 영화 및 마법 세계와 관련해서 제가 늘 좋아했던 점은 우리가 사는 세상 바로 옆에, 벽 하나만 통과하면 바로 그 너머에 환상적이고 황홀한 세상이 있다는 설정이었습니다. 런던과 영국뿐만 아니라 다른 나라에서도 마찬가지인 설정이라 무척 좋았죠.

-에디 레드메인(뉴트 스캐맨더 역)

독일 마법 정부의 문장

독일 마법 화폐

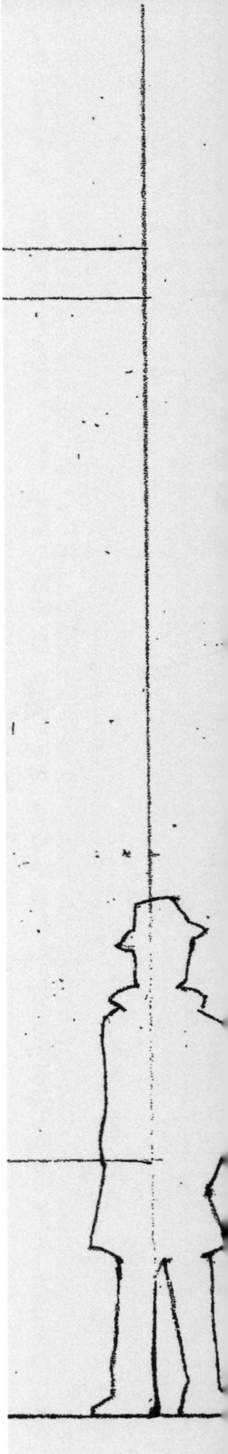

독일 마법 정부의 출입구

뉴트가 앞장서서 걸어간다. 테세우스와 랠리는 눈빛을 주고받은 뒤 바로 뒤따라간다. 제이콥은 그 자리에 서서 경외의 눈으로 주변을 둘러본다.

**랠리(O.S.)**

제이콥!

그제야 제이콥은 랠리를 돌아본다.

**랠리**

얼른 와요.

서둘러 걸음을 옮기던 제이콥은 그린델왈드 현상 수배 포스터 앞을 지나간다. 포스터 속 그린델왈드의 얼굴이 움직이면서 제이콥이 걸어가는 방향으로 고개를 돌린다.

제이콥은 그린델왈드의 시선이 신경 쓰인다.

**28 실외. 계단. 독일 마법 정부. 잠시 후. 밤.**

리우 지지자들과 산토스 지지자들이 들떠서, 하지만 평화롭게 깃발을 치켜들고 구호를 외치며 선거를 향한 열정을 표출하고 있다. 뉴트 일행은 그들 사이를 지나 계단 쪽으로 향한다.

테세우스가 일행을 이끌고 마법 정부 출입구 쪽으로 향한다. 근처에 서 있던 독일 오러 중 하나가 랠리와 제이콥이 계단을 올라오지 못하게 막아선다.

그린델왈드의 움직이는 사진이 들어갈 자리가 비어 있는
현상 수배 포스터 예비 그래픽

독일 마법 정부 건물의 외관

wählt
GRIND

테세우스

어이, 헬무트.

헬무트

테세우스.

테세우스

거기. 나랑 같이 온 사람들이야.

랠리와 제이콥 앞을 가로막은 오러가 테세우스를 알아보는 눈빛이다. 그 오러는 계단 꼭대기에 서서 내려다보는 지휘관급 오러(헬무트)를 올려다본다. 헬무트가 고개를 끄덕인다.

테세우스는 일행을 이끌고 걸어간다.

군중이 들썩인다. 로지어와 캐로가 둥둥 울리는 북소리를 들으며 산토스 지지자들 사이로 파고들어 간다.

로지어가 캐로에게 고개를 끄덕인다. 캐로가 지팡이를 치켜든다. 산토스 깃발에 불꽃이 번져나간다. 깃발에 그려진 산토스의 얼굴이 불에 타 재가 되자 지지자들의 표정이 순식간에 어두워진다. 지지자들은 떨어지는 불을 피해 서로를 이리저리 밀친다.

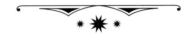

**29 실내. 그랜드 홀. 독일 마법 정부. 잠시 후. 밤.**

대의원 수백 명이 이리저리 거니는 화려한 홀에서 찻주전자들이 둥둥 떠다닌다. 테세우스는 뉴트와 나란히 걸어가는데, 뉴트는 누굴 찾는지 주변을 별나게 두리번거린다.

**테세우스**

핑거 샌드위치를 곁들여 차나 마시자고 여기 온 건 아니겠지?

**뉴트**

아니야. 전달할 메시지가 있어서 왔어.

**테세우스**

메시지? 누구한테?

뉴트가 멈춰 서서 무언가를 바라본다. 테세우스는 그의 시선을 따라간다.

거리 깃발에 그려진 것처럼 인자한 얼굴을 한 마법사 안톤 보겔이 방 저쪽 끝에서 사람들과 악수하고 있다. 경호원들이 보겔의 걸음에 맞춰 따라가는데 여자 보좌관(피셔)이 안톤에게 계속 가라고 손짓한다.

**테세우스**

설마.

**뉴트**

맞아.

뉴트가 앞장서 걸어가고 테세우스가 뒤따른다. 장면 전환:

새로운 앵글—제이콥과 랠리

**제이콥**

우리가 여기서 뭘 하는 겁니까? 그만 나가죠. 이런 분위기 불편해요.

**랠리**

뭐가요?

**제이콥**

이런 사람들 사이에 있는 거요. 상류층 사람들요.

**이디스**

안녕하세요!

제이콥이 움찔한다. 나이 지긋한 부인(이디스)이 어느새 그의 곁에 와 있다.

**이디스**

당신이 들어오는 걸 보고 "이디스, 참 흥미로워 보이는 남자구나"라고 생각했어요.

**제이콥**

(초조해하며)
제이콥 코왈스키라고 합니다. 안녕하세요. 만나서 반가워요.

**이디스**

어디서 왔어요, 코왈스키 씨?

**제이콥**

퀸스요.

**이디스**

아아.

이디스가 천천히 고개를 끄덕인다. 장면 전환:

새로운 앵글

뉴트가 테세우스를 데리고 보겔과 그의 보좌관에게 다가간다.

**뉴트**

최고위원장님, 잠시 얘기 좀 할 수 있을까요….

뉴트의 목소리에 보겔이 돌아선다.

**보겔**

멀린 맙소사! 스캐맨더?

**뉴트**

최고위원장님….

경호원들이 다가오고, 테세우스도 다가간다. 보겔이 뉴트를 지그시 보더니 경호원들에게 물러서 있으라고 손짓한다. 경호원들이 물러서자 뉴트가 가까이 다가가 말한다.

**뉴트**

친구가 메시지를 전해 달라고 해서 왔습니다. 나중으로 미룰 수가 없어서요. "쉬운 일을 하지 말고 옳은 일을 하라"는 메시지입니다.

뉴트가 허리를 펴고 쳐다보는데 보겔은 아무 말이 없다.

**뉴트**

꼭 오늘 밤에 전해야 한다고, 오늘 밤에 이 메시지를 들으시게 해야 한다고 했습니다.

피셔가 다가온다.

**피셔**

가셔야 됩니다, 최고위원장님.

**보겔**

(피셔에게는 대꾸도 않고)
그도 여기 와 있나? 베를린에?

뉴트는 어떻게 대답해야 할지 몰라 머뭇거린다.

**보겔**

그래. 왔을 리가 없지. 세상이 불타 버릴 참인데 호그와트를 떠날 리가 없지.
(얼굴을 찡긋거리며)
고마워, 스캐맨더.

피셔는 보겔을 모시고 그 자리를 떠나며 뉴트를 힐끗 돌아본다.

스푼으로 도자기 컵을 두드리는 소리에 웅성거림이 멈추고 모두의 시선이 피셔에게 향한다. 피셔는 손에 찻잔을 들었고 보겔은 그녀 옆에서 있다. 청중의 시선이 모이자 피셔는 옆으로 물러서고 보겔이 앞으로 나선다. 그가 다가가자 청중이 박수를 친다.

**보겔**

감사합니다, 감사합니다. 오늘 밤에 익숙한 얼굴이 많이 보이네요. 동료들, 친구들, 적들….

청중이 가볍게 웃는다.

**보겔**

48시간 이내에 여러분은… 마법 세계의 다른 사람들과 더불어 다음 지도자를 선출하게 됩니다. 앞으로 수세대에 걸쳐 우리의 미래를 결정하게 될 선택이죠. 누가 당선되든 국제 마법사 연맹을 유능하게 이끌 것이라 믿습니다. 리우 타오. 비센시아 산토스.

후보자 리우와 산토스의 선거 운동 깃발

VOTE
VICÊNCIA SANTOS
LIDERANÇA!
PROGRESSO!
MAGIA!

보겔이 리우 타오와 비센시아 산토스(예언자 일보에 게재된 얼굴들)를 손으로 가리키자 청중의 박수가 쏟아진다.

**보겔**

평화로운 정권 교체를 통해 인류애를 실천하고 모두의 다양한 목소리를 반영할 수 있도록 하는 게 중요하다고 생각합니다.

보겔이 옆으로 시선을 돌린다. 몇 걸음 떨어진 곳에서 지켜보던 테세우스가 그의 시선을 따라간다. 검은 옷을 입은 오러들이 차례로 출입구에서 걸어 나온다.

**보겔**

다수가 듣기 거북해하는 목소리도 반영해야 한다고 봅니다.

테세우스가 방으로 걸어들어오는 자들을 살핀다.

**테세우스**

뉴트, 아는 얼굴들이지?

뉴트가 테세우스의 시선을 따라간다.

**뉴트**

파리에서 봤어. 리타가 그렇게 됐던 날 밤에….

**테세우스**

그린델왈드의 부하들이야.

테세우스는 청중 사이로 걸어가는 로지어를 바라본다. 로지어는 어디 따라올 테면 와보라는 듯 뒤를 돌아본다. 테세우스는 로지어를 잡으려 따라가고 뉴트도 약간 거리를 두고 뒤따라간다.

**보겔**

광범위한 조사를 실시한 결과, 마법사 연맹은 머글 공동체를 대상으로 범죄를 저지른 혐의로 고발된 겔러트 그린델왈드에 대해, 기소를 하기에는 증거가 부족하다고 결론을 내렸습니다. 이에 따라 그의 모든 혐의에 대해 무죄를 선언하는 바입니다.

뉴트는 보겔의 말이 어떤 의미인지 알아챘다. 청중이 웅성거리기 시작한다. 분노하는 목소리, 환호하는 목소리, 혼란스러워하는 목소리가 뒤섞인다.

**제이콥**

말이 돼? 무죄라고? 내가 현장에 있었어! 놈이 사람들을 죽이는 걸 봤어!

어떻게 된 일인지 알겠다는 듯 랠리의 표정이 굳어진다.

**테세우스**

너희를 체포한다! 너희 모두! 지팡이 내려!

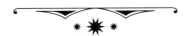

지팡이를 들어 올린 테세우스는 검은 옷을 입은 오러 다섯 명과 팽팽한 긴장 속에 대치한다.

목뒤에 마법 공격을 받은 테세우스가 쓰러진다. 헬무트가 그 뒤로 다가온다. 헬무트의 지팡이 끝에서 연기가 피어오른다.

**헬무트**

니먼 지 인 베그(그를 데려가).

오러 두 명이 테세우스를 들어 올린다.
본인이 공격당한 것처럼 놀란 얼굴을 한 뉴트가 사람들을 밀치고 다가온다.

**뉴트**

테세우스! 테세우스!

사람들 사이로 빠져나온 뉴트의 양옆으로 랠리와 제이콥이 다가간다.

**랠리**

뉴트, 뉴트. 그러지 말아요. 뉴트, 지금은 우리가 불리해요.

헬무트는 뒤에 선 검은 옷의 오러들과 함께 차분히 돌아선다.

**랠리**

그만 가요, 뉴트. 독일 마법 정부는 저들 손에 넘어갔어요. 이만 가요.

제이콥은 방을 나가려는 사람들 틈에 서서 목청을 높인다.

**제이콥**

이건 말이 안 돼…. 이럴 수는 없어. 무슨 판결이 이래…. 확대 수사를 해야지…. 당신들은 못 봤겠지만… 난 그 자리에 있었어…. 당신들은 살인자를 풀어준 거야!

랠리가 제이콥을 붙잡는다.

**랠리**

그만 가요! 어서! 제이콥, 어서 가요!

군중의 함성이 높아진다. 독일 마법 정부 건물을 에워싼 사람들 머리 위로 그린델왈드의 깃발이 나부낀다. 군중이 그린델왈드의 이름을 외치기 시작한다. 그들의 목소리가 점점 커진다. 장면 전환:

완벽한 정적

검은 하늘에서

설탕 가루처럼 곱게 떨어지는 눈

호그스 헤드 술집 외관

**30 실외. 호그스미드 마을. 밤.**

가게마다 덧문이 전부 닫혀 있다. 길고 하얀 담요가 거리를 뒤덮은 듯, 눈이 내려 깨끗하다.

**31 실내. 위층 방. 호그스 헤드 술집. 밤.**

덤블도어가 아리아나의 초상화 앞에 서 있다. 그림 속 아리아나도 덤블도어를 바라보는 듯하다.

**32 실내. 호그스 헤드 술집. 밤.**

손님 하나 없는 술집 안에서 덤블도어와 애버포스가 탁자 앞에 마주 앉아 식사를 하고 있다. 그들이 앞에 놓인 그릇에 스푼을 넣는 소리만 들릴 뿐이다.

**덤블도어**

(수프를 떠먹으며)
맛있네.

애버포스는 말없이 먹기만 한다.

**덤블도어**

그 애가 좋아했는데. 그 애가 어머니한테 만들어 달라고 했던 게 기억나. 아리아나. 어머니는 이 수프가 아리아나를 진정시켜준다고 하셨지. 어머니의 바람일 뿐이었지만….

아리아나 덤블도어의 초상화

애버포스

형.

덤블도어가 말을 멈추고 동생 애버포스를 쳐다본다.

애버포스

나도 거기 있었어. 같은 집에서 자랐잖아. 형이 본 건 나도 다 봤어.
(잠시 후)
전부 다.

애버포스는 다시 수프를 먹는다. 애버포스를 바라보던 덤블도어는 심적 거리감에 마음이 무거워진다. 덤블도어가 다시 수프를 먹으려는데… 갑자기… 문 두드리는 소리가 들린다. 애버포스가 걸걸한 목소리로 외친다.

애버포스

문 닫았다고 적혀 있잖아, 멍청아!

덤블도어가 문 너머에 드리워진 익숙한 그림자를 보고 자리에서 일어선다.

**33 실내./실외. 술집 문. 잠시 후. 밤.**

미네르바 맥고나걸

방해해서 미안해요, 알버스….

덤블도어

무슨 일입니까?

미네르바 맥고나걸

베를린이요.

**34 실내. 호그스 헤드 술집. 밤.**

맥고나걸과 덤블도어의 얘기 소리를 들으며 자리에 앉아 있던 애버포스는 무언가를 감지한 듯 고개를 돌린다.

바 뒤쪽의 지저분한 거울 표면이 묘하게 빛난다.

천천히 일어선 애버포스는 방을 가로질러 가 거울을 들여다본다. 거울에 자신의 모습이 비치고 그 위로 마치 연못 표면에 떠오르듯 글자가 나타난다.

**어떤 기분인지 알아?**

애버포스는 그 메시지를 바라보며 잠시 생각하다가 기름때 묻은 걸레를 집어 들고 거울을 닦는다.

**35 실내./실외. 술집 문. 잠시 후. 밤.**

맥고나걸은 조바심을 치며 두 손을 문지른다. 덤블도어는 심각한 표정으로 맥고나걸에게 들은 얘기를 곱씹는다.

**덤블도어**

내일 아침 수업을 대신 좀 맡아줄 수 있을까요?

**미네르바 맥고나걸**

물론이죠. 그런데요 알버스, 제발….

**덤블도어**

최선을 다할게요.

맥고나걸은 뒤로 물러서려다 술집 안에 대고 목청을 높인다.

**미네르바 맥고나걸**

안녕, 애버포스.

**애버포스**

안녕, 미네르바. 아까 멍청이라고 불러서 미안해.

**미네르바 맥고나걸**

사과 받아줄게.

맥고나걸이 돌아서자 덤블도어는 문을 닫는다.

**36 실내. 호그스 헤드 술집. 밤.**

형의 발소리를 들은 애버포스는 거울을 뒤로 하고 돌아선다. 덤블도어는 모자를 쓰고 외투를 팔에 걸친 모습이다.

**덤블도어**

저녁 식사를 이만 마쳐야겠어.

**애버포스**

세상을 구하러 가야 해서?

**덤블도어**

그건 나보다 나은 사람이 할 일이고.

덤블도어는 외투를 입으려다가 멈칫하고 거울을 바라본다. 거울에 **'혼자인 게 어떤 기분인지 알아?'**라는 글자가 서서히 나타난다. 시선을 돌린 덤블도어는 자신을 바라보는 애버포스와 눈을 맞춘다.

**애버포스**

묻지 마.

두 형제는 조용히 서로를 바라본다. 덤블도어는 말없이 문을 나선다. 애버포스는 덤블도어가 떠나는 소리를 들으며, 거울에 적힌 글자를 다시 한번 돌아본다.

**37 실외. 뜰. 누멘가드 성. 밤.**

빵 부스러기를 붙잡으려고 빛나는 불사조가 허공을 가르며 날아 내려온다. 그 아래 서서 조용히 불사조를 올려다보는 크레덴스의 얼굴이 기쁨에 차 있다.

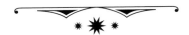

**38 실내. 응접실. 누멘가드 성. 밤.**

그린델왈드가 커다란 창문 앞에 서 있다. 창문 너머 불사조를 보고 있는데 창문 유리 표면에 덤블도어의 환영이 나타나고, 이어서 카마의 환영도 서서히 나타난다. 환영을 가만히 보고 있는데 로지어가 다가오며 말한다.

**로지어**

거리에 모인 수천 명이 그린델왈드를 외치고 있습니다. 이제 자유로우십니다.

그린델왈드는 고개를 끄덕인다.

**그린델왈드**

다른 사람들한테 떠날 준비 하라고 해.

**로지어**

오늘 밤에 떠납니까?

**그린델왈드**

내일. 아침에 손님이 찾아올 거야.

창문 너머로 불사조가 재를 떨어뜨리며 잠깐 시야에 나타났다 사라진다. 그린델왈드는 크레덴스가 서 있는 뜰을 내려다본다.

**로지어**

불사조가 왜 저 애 곁에 있을까요?

**그린델왈드**

저 애가 무슨 일을 하려는지 아니까.

**로지어**

저 애가 덤블도어를 죽일 수 있을 거라고 확신하세요?

**그린델왈드**

고통이 저 애가 가진 힘의 원천이야.

로지어는 그린델왈드를 지그시 바라본다.

**39 실내. 독일 마법 정부 사무실. 아침.**

뉴트, 랠리, 제이콥은 정부 관계자 뒤를 쫓아 복도를 걸어간다.

**뉴트**

제가 소재를 묻고 있는 사람은 영국 오러 본부 부장입니다! 영국 오러 본부 부장을 어디 가둬뒀는지 어떻게 모를 수가 있죠?

고개를 돌린 정부 관계자가 뉴트를 차분히 바라본다.

**정부 관계자**

우리가 구금한 적이 없으니, 어디 있는지 알 수 없습니다.

**랠리**

그 자리에서 수십 명이 목격했습니다. 그중에 누구든 증인으로 나서면…

**정부 관계자**

성함이?

정부 관계자가 랠리를 똑바로 쳐다본다.

**제이콥**

그만 나갑시다…. 잠깐! 저 사람이야….

그 말에 뉴트와 랠리가 고개를 돌린다. 유리 벽 너머로, 키 큰 오러를 데리고 사무실에서 나오는 헬무트가 보인다. 앞서 기차역 플랫폼에서 봤던 바로 그 오러다.

제이콥이 정부 관계자에게 헬무트를 쫓아가라고 손짓한다.

**제이콥**

이봐요! 이봐!

제이콥, 랠리, 뉴트가 문으로 달려간다.

**제이콥**

어이! 이봐요! 저 남자야. 저 남자는 테세우스가 어디 있는지 알아. 이봐요! 테세우스 어디 있어?

헬무트는 들은 척도 않고 계속 걸어간다.

제이콥

저 사람 맞아. 저 사람은 테세우스가 어디 있는지 알아.

갑자기 유리벽이 단두대처럼 위에서 내려와 그들 앞을 가로막는다.

**40 실외. 독일 마법 정부. 잠시 후. 아침.**

뉴트, 제이콥, 랠리가 옆문을 통해 건물 밖으로 나간다. 랠리가 걸음을 멈춘다.

랠리

뉴트.

뉴트와 제이콥이 그 소리에 돌아보니 허공에 장갑이 떠 있다. 장갑이 모퉁이 너머를 가리킨다. 뉴트는 앞으로 걸어가 장갑을 손에 쥔다. 두 번째 장갑을 따라간 뉴트는 기둥 뒤에 서 있는 사람에게 다가간다. 덤블도어다.

**41 실외. 독일 마법 정부. 잠시 후. 아침.**

허공에 떠 있는 장갑 한 짝, 그리고 뉴트가 가져온 두 번째 장갑을 받아 든 덤블도어는 그들을 이끌고 사람들로 붐비는 거리를 서둘러 걸어간다. 주변의 모든 그림자들을 위협 요소로 여기는 듯, 덤블도어는 끝없이 주변을 살핀다.

뉴트

교수님.

덤블도어

테세우스는 에르크슈타크 감옥으로 끌려갔어.

뉴트

거긴 수년 전에 폐쇄됐는데요.

덤블도어

그래. 지금은 마법 정부가 비밀 감옥으로 쓰고 있어. 테세우스를 만나려면 이게 필요할 거야… 이거랑… 이것도.

덤블도어는 장갑 두 짝을 모자에 집어넣은 뒤 서류 몇 장과 종이쪽지를 꺼내 뉴트에게 건네고 그를 바라본다.

덤블도어는 앞장서서 벽을 향해 걸어간다. 그들은 줄지어 벽을 통과한다. 랠리는 머뭇거리는 제이콥의 등을 떠민다.

제이콥

자, 자, 잠깐만요!

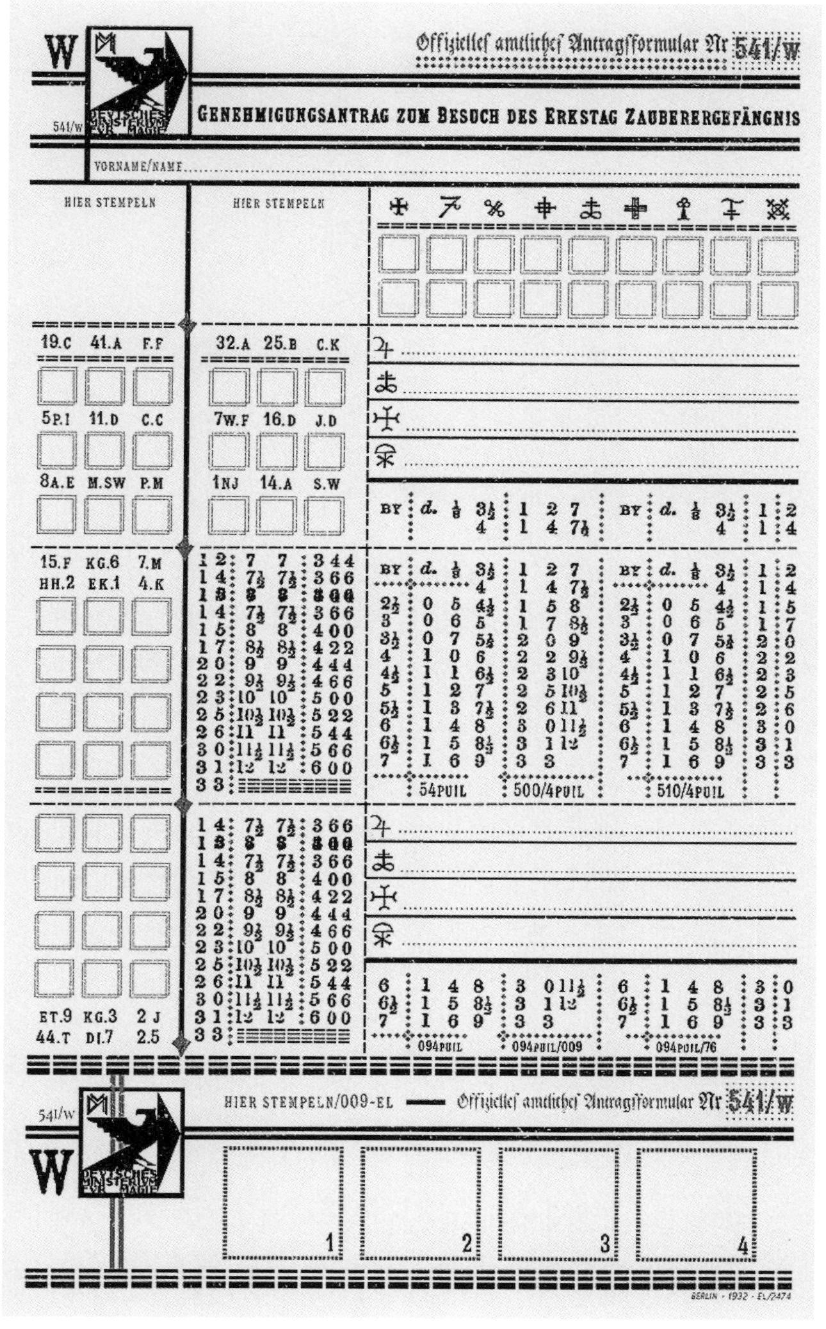

Offizielles amtliches Antragsformular Nr 541/w
GENEHMIGUNGSANTRAG ZUM BESUCH DES ERKSTAG ZAUBERERGEFÄNGNIS
541/w
VORNAME/NAME
HIER STEMPELN
HIER STEMPELN
54PUIL
500/4PUIL
510/4PUIL
094PUIL
094PUIL/009
094PUIL/76
HIER STEMPELN/009-EL
Offizielles amtliches Antragsformular Nr 541/w
541/w
1
2
3
4
BERLIN - 1932 - EL/2474


에르크슈타크 감옥 면회 신청 양식

**덤블도어**

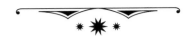

지팡이는 마음에 들어요, 코왈스키 씨?

**제이콥**

저요? 아, 예. 고맙습니다, 덤블도어 교수님. 좋더라고요.

**덤블도어**

늘 갖고 다니세요.

제이콥이 그 말의 의미를 곱씹는데 덤블도어가 외투에서 회중시계를 꺼내 들고 비스듬히 기울인다. 뉴트는 회중시계 뚜껑 안쪽에 나타난 크레덴스의 모습을 바라본다.

**덤블도어**

힉스 교수님, 다른 일 없으면… 혹시 있더라도… 오늘 밤 후보 만찬에 참석해 주세요. 코왈스키 씨도 데려가고요. 그 자리에서 암살 시도가 있을 겁니다. 무슨 수를 쓰든 막아주면 고맙겠어요.

**랠리**

그러죠. 도전 의식이 드네요. 제이콥도 있으니 든든하고요.

그 대화를 듣고 있던 제이콥이 살짝 불안해하는 걸 덤블도어가 알아챘다.

**덤블도어**

걱정 말아요. 힉스 교수의 방어 마법은 최고니까.
그럼 또 봅시다.

덤블도어는 미소를 지으며 모자에 손을 갖다 대고 인사한 뒤 그 자리를 떠난다.

**랠리**

빈말로라도 사람을 기분 좋게 해주신다니까.
(잠시 후)
뭐. 최고인 게 사실이긴 하죠.

뉴트가 몇 걸음 앞으로 걸어가며 외친다.

**뉴트**

교수님!

덤블도어가 돌아본다.

**뉴트**

혹시….

뉴트는 가방을 들고 있는 시늉을 해 보인다.

**덤블도어**

아, 맞다. 가방.

**뉴트**

예.

**덤블도어**

안전하게 잘 있으니까 걱정 마.

**42 실외. 베를린 거리. 잠시 후. 늦은 아침.**

뉴트의 가방을 손에 든 번티가 트램 옆을 스치듯 지나 길 건너 가죽 제품 가게로 서둘러 걸어간다.

**43 실내. 오토의 가죽 제품점. 늦은 아침.**

작은 종이 딸랑딸랑 소리를 낸다. 머리카락이 얼마 없고 몸집이 크며 앞치마를 두른 남자 오토는 가위와 나무망치, 죔쇠 등이 어수선하게 놓여 있는 탁자에서 눈을 든다.

**오토**

어서 오세요.

카운터로 다가간 번티는 유리 상판에 뉴트의 가방을 조심스럽게 내려놓는다.

**번티**

이거랑 똑같은 가방을 만들어 주세요.

번티 브로드에이커 의상 스케치

**오토**

그러죠.

번티가 초조하게 지켜보는 가운데, 오토는 못 박인 손으로 낡은 가방을 만지며 여러 각도에서 살펴보다가 걸쇠를 풀고 뚜껑을 열려고 한다.

**번티**

아뇨. 열지는 마세요! 그러실 필요는 없어요. 안쪽은 상관없거든요.

오토는 흥미롭다는 듯 번티를 쳐다보다가 어깨를 으쓱한다.

**오토**

똑같이 못 만들어 드릴 이유는 없죠.

돌아선 오토가 뒤쪽 선반에서 종이와 펜을 꺼내고 있는데 새끼 기린이 가방 밖으로 고개를 빼꼼 내밀고는 호기심 어린 시선으로 주변을 둘러본다. 번티는 오토가 돌아보기 전에, 재빠르면서도 상냥하게 새끼 기린의 머리를 가방 안으로 밀어넣는다.

**오토**

여기 두고 가시면…

**번티**

어, 아뇨. 그건 안 돼요. 두고 갈 수는 없어요. 그리고 가방은 여러 개가 필요해요. 실은 남편이 건망증이 좀 있어서 늘 이것저것 잊어버려요. 요전 날엔

저랑 결혼한 것도 까먹더라니까요. 상상되세요?

번티는 혼자 웃다가, 미친 사람처럼 보이겠다는 생각이 들어 웃음을 그친다.

**번티**

그래도 전 남편을 사랑해요.

**오토**

정확히 몇 개를 만들어 드릴까요?

**번티**

여섯 개요. 이틀 안에 만들어 주시면 좋겠어요.

**44 실외. 베를린 거리. 잠시 후. 늦은 아침.**

뉴트의 가방을 손에 든 번티가 길을 도로 건너간다.

**45 실내. 크레덴스의 방. 누멘가드 성. 늦은 아침.**

퀴니가 바깥을 내려다본다. 경계 태세를 취하는 자비니와 캐로가 보인다.

**자비니**

손을 보여!

한 사람이 두 손을 차분히 들어 올리며 걸어온다….

**46 실외. 뜰. 누멘가드 성. 늦은 아침.**

그 사람은 몇 걸음 앞으로 다가오다가 멈춰 선다. 유서프 카마다. 자비니는 다른 부하들을 뒤에 두고 카마에게 향한다.

**자비니**

누구지?

**카마**

유서프 카마.

**그린델왈드**

누구신가?

**카마**

추종자…입니다.

**로지어**

저 남자의 여동생을 죽이셨습니다. 그 여동생의 이름은 리타입니다.

그린델왈드가 카마를 가만히 쳐다본다.

유서프 카마 의상 스케치

**카마**

리타 레스트레인지지요.

**그린델왈드**

아, 그래. 자네와 자네 여동생은 유서 깊은 순혈 가문의 후손이지.

**카마**

그랬죠. 우리의 공통점은 그것뿐이었습니다.

그린델왈드는 카마를 유심히 바라본다.

**그린델왈드**

덤블도어가 보내서 왔지?

**카마**

그분은 당신이 기린을 가지고 있는 것도, 그걸 악용할까 봐도 걱정하십니다. 그래서 당신을 살펴보라고 절 여기로 보내셨어요. 그분에게 뭐라고 전할까요?

**그린델왈드**

퀴니. 이 남자 진실을 말하는 건가?

퀴니는 카마를 가만히 바라본다. 뭔가 짚이는 눈빛이다.

퀴니는 고개를 끄덕인다.

그린델왈드는 그림자 진 곳에 서 있는 크레덴스를 바라보다가 보일 듯 말 듯하게 고개를 살짝 끄덕인다. 크레덴스가 물러가자 그린델왈드는 다시 카마를 돌아본다.

**그린델왈드**

그리고 또?

**퀴니**

그 남자는 당신을 믿지만 당신 때문에 여동생이 죽었다고 생각하고 있어요. 매일 죽은 여동생을 생각하네요. 숨 쉴 때마다 여동생이 죽고 없다는 걸 떠올려요.

퀴니는 카마가 자신의 눈을 똑바로 쳐다보고 있음을 안다. 그린델왈드는 생각에 잠긴 듯 고개를 끄덕거리더니 지팡이를 꺼내 든다.

**그린델왈드**

그럼 내가 여동생에 관한 기억을 없애주면 되겠군.

그린델왈드는 앞으로 다가가 지팡이 끝을 카마의 관자놀이에 갖다 댄다. 그는 카마가 저항하려는 뜻이 있는지 유심히 살피지만 카마는 가만히 서 있을 뿐이다.

**그린델왈드**

그렇지?

**카마**

예.

그린델왈드는 지팡이를 천천히 뒤로 당기면서 관자놀이에서 반투명한 실 가닥을 뽑아낸다. 차분하게 그 모습을 지켜보던 퀴니는 카마의 얼굴에 잠깐 상실감이 스치는 것을 포착한다.

마침내 반투명한 실 가닥이 카마의 관자놀이에서 완전히 떨어져 나온다. 실 가닥은 그린델왈드의 지팡이 끝에 붙은 채 연 꼬리처럼 팔락거리다가 안개로 변해 사라진다.

**그린델왈드**

됐어. 좀 낫나?

카마는 멍하니 앞만 쳐다보며 고개를 끄덕인다.

**그린델왈드**

그럴 줄 알았지. 분노에 사로잡혀 봤자 본인만 손해야.
(미소를 지으며)
우린 여길 떠나려던 참인데. 같이 가는 건 어때?
우리 친구 덤블도어에 대한 얘기도 좀 더 하고.

퀴니는 그린델왈드가 카마를 성으로 데리고 들어가는 모습을 지켜본다. 옆으로 지나가던 카마의 공허한 눈이 퀴니의 눈을 마주 본다. 잠깐 반짝인 카마의 눈이 퀴니에게 메시지를 보내는 듯하다. 카마는 그대로 성으로 들어간다.

로지어

먼저 들어가.

퀴니가 그 말에 눈을 든다. 로지어가 퀴니의 표정을 살피고 있다. 퀴니의 뒤를 따라 성으로 들어간 로지어가 등 뒤로 문을 닫는다. 장면 전환:

**47 실외. 봄비는 거리. 베를린. 낮.**

덤블도어가 사람들이 오가는 베를린 거리를 성큼성큼 걸어간다. 크레덴스가 그 뒤를 따라간다.

길을 건너간 덤블도어는 어느 가게 앞에서 천천히 걸음을 멈춘다. 가게 유리창에 지나가는 사람들 사이로 크레덴스의 모습이 비친다.

덤블도어가 눈송이에 천천히 입김을 불자 눈송이가 물방울로 변한다.

반투명 총알처럼 창문을 향해 날아가는 물방울. 유리창에 비친 트램과 자동차들 사이로 날아간 물방울은 크레덴스의 이마에 부딪힌다. 물방울이 탁 터지면서 거리의 소음이 아득히 사라진다.

덤블도어

안녕, 크레덴스.

덤블도어가 돌아서서 크레덴스를 마주 본다. 크레덴스는 긴장하면서 지팡이를 겨눌 준비를 한다. 덤블도어가 거리로 발을 내딛는다. 주변 세상이 좀 다르게 보인다. 베를린의 미묘한 거울 속으로 들어가, 거울에 비친 상이 된 것처럼 움직임도 느려진다.

그들은 서로를 바라보며 맴을 도는데, 주변 사람들은 전혀 의식을 못하는 듯하다. 크레덴스가 지팡이를 든다.

**크레덴스**

어떤 기분인지 알아? 곁에 아무도 없는 게? 늘 혼자인 게?

덤블도어는 서서히 깨닫는다.

**덤블도어**

너였구나. 거울로 메시지를 보낸 사람이.

**크레덴스**

나도 덤블도어 사람이야. 그런데 당신들이 날 버렸어. 나도 당신들과 한 핏줄인데.

불사조가 그들 곁을 스치며 날아간다. 덤블도어가 불사조를 힐끗 쳐다본다. 크레덴스의 몸속에서 어둠의 에너지가 뿜어져 나오면서 보도에 금이 쫙쫙 가고 트램 철길이 위로 솟구친다. 덤블도어는 그 에너지를 면밀히 살핀다. 그들 주변 사람들은 아무 일도 없는 듯 평온하게 오간다.

**크레덴스**

저 불사조는 당신 때문에 여기 온 게 아니야. 나 때문이지.

크레덴스 주변의 땅이 갈라지고 파편이 튀어 오른다. 덤블도어는 앞으로 닥쳐올 일을 감지하고 긴장한다.

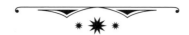

크레덴스의 지팡이에서 초록색 불꽃이 뻗어나간다. 덤블도어는 유연하면서도 빠르게 움직여 공격을 피한다. 크레덴스는 즉시 전진하면서 또 한 차례 마법 공격을 가한다. 땅의 파편을 들어 올려 덤블도어에게 쏟아붓는다. 덤블도어는 폭발 공격을 물리친 뒤 사라져 몸을 피한다.

크레덴스가 차와 돌, 유리창의 유리 등을 모조리 끌어모으며 달려간다. 그의 앞 땅이 지진이 난 듯 흔들리며 갈라지는 가운데 덤블도어를 향해 파동을 밀어 보낸다.

크레덴스는 덤블도어가 피할 새도 없이 바로 앞까지 다가간다. 두 사람은 서로의 팔을 붙잡고 대결한다.

그들 뒤에서 트램 한 대가 다가온다. 덤블도어는 뒤로 물러나며 사라지고 크레덴스는 그를 쫓아간다. 트램 안에서 마주 보는 둘. 크레덴스가 무자비하게 공격을 퍼붓는다. 크레덴스는 또 한 차례 강력한 주문을 써서 트램을 반으로 찢어놓는다. 그들은 순식간에 트램 밖으로 나가서 거리로 돌아간다.

정적.

기괴할 정도로 고요한 거리. 그제야 크레덴스는 주변 세상이 다르게 느껴지기 시작한다.

문득 지팡이가 자신의 목을 겨누고 있음을 알아챈 크레덴스는 고개를 돌린다. 뒤에 덤블도어가 서 있다.

덤블도어가 딜루미네이터(주변의 불빛을 흡수해 저장하는 마법 장치—옮긴이)를 들어 올린다.

**덤블도어**

무슨 얘기를 들었는지 모르겠지만 겉으로 보이는 것과는 달라.

그림이 녹아내리듯 주변 거리가 깜박이는 불빛 속으로 빨려 들어가고, 아득한 기억처럼 현실 세상의 음영상만 남는다.

**크레덴스**

내 이름은 아우렐리우스야.

**덤블도어**

그는 거짓말로 네 증오심에 불을 붙였어.

공격이 먹히지 않자 답답해진 크레덴스는 다시 번개처럼 빠르게 공격을 가한다. 잠시 동안 크레덴스와 덤블도어는 격렬하게 대결을 이어간다.

평소에는 도시 세트를 박살 내고 나서 원상 복구를 해요. 그런데 여기서는 덤블도어와 크레덴스가 거울 속 세상에 들어가 있으니, 우리는 크레덴스의 독특한 공격 기술을 마음껏 선보이고 새로운 방식으로 주문을 시각화할 수 있었어요. 허공에 아름다운 조각품을 만들어 내는 것과 비슷했죠. 물질을 변화시키는 작업도 해봤어요. 고체가 액체로 변하고, 거대한 쓰나미처럼 밀려온 돌무더기가 지팡이의 움직임 한 번에 눈으로 변하는 거죠. 우리는 완벽한 암흑으로 변한 세상, 녹아내린 시커먼 물웅덩이 같은 곳에 있는데 진짜 세상의 베를린에는 햇빛이 환하게 쏟아지고 차들이 멀쩡하게 오가는 겁니다.

-크리스티안 만츠(시각 효과)

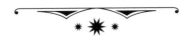

크레덴스가 폭발 주문을 쏟아내며 공격하지만 덤블도어는 쉽게 방어해 낸다. 덤블도어가 손을 뻗어 크레덴스를 공격한다. 주문에 맞은 크레덴스가 뒤로 쭉 밀려 나가면서 그의 몸에서 시커먼 덩어리가 격하게 솟구친다.

덤블도어가 손을 아래로 내리자 크레덴스는 허공에 누운 채 천천히 지상으로 내려간다. 크레덴스는 눈 덮인 거리에 등을 댄 채 시커먼 하늘과 허공에서 맴도는 불사조를 올려다본다.

덤블도어는 가슴을 들썩이며 지팡이를 내린다. 크레덴스의 뒤에서 시커먼 증기가 피어오른다. 불사조가 내려와 크레덴스의 몸 위에 잠깐 머물다가 날개를 치며 날아오른다.

새로운 앵글—크레덴스

덤블도어가 크레덴스에게 다가간다. 크레덴스 옆에 차분히 무릎을 굽히고 앉아 그를 내려다본다.

크레덴스가 눈을 돌려 덤블도어를 쏘아본다.

**덤블도어**

그가 한 말은 사실이 아니야. 우리가 한 핏줄인 건 맞아. 넌 덤블도어 가문 사람이야.

그 말에 크레덴스는 덤블도어를 마주 본다. 그렇게 잠시 서로를 바라보고 있는데 시커먼 덩어리가 크레덴스의 몸으로 다시 흘러 들어간다. 덤블도어는 크레덴스의 가슴에 가만히 손을 얹는다.

**덤블도어**

고통을 겪게 해서 미안하구나. 우린 정말 몰랐어.

덤블도어가 딜루미네이터를 다시 위로 들어 올린다. 마법이 물결치듯 퍼져나가고 덤블도어와 크레덴스는 다시 현실 세계의 거리로 돌아온다. 방금 전 그들이 결투를 벌였던 세상은 녹아내린 눈이 고인 물웅덩이 속에 있다.

덤블도어는 크레덴스를 찬찬히 내려다보며 뒤로 물러나 그에게 손을 내민다.

크레덴스가 그 손을 잡자 덤블도어는 그를 일으켜 세워준다. 덤블도어는 돌아서서 부산한 거리를 걸어간다. 크레덴스는 그의 뒷모습을 바라볼 뿐이다.

**48 실외. 닫혀 있는 지하철 출입구. 베를린. 저녁.**

뉴트는 지하철 출입구로 다가가 녹슨 잠금쇠를 푼다.

**49 실내. 에르크슈타크 감옥. 베를린. 잠시 후.**

층층이 칸막이로 된 보관함 앞에 자리한 부스스한 교도관을, 펄럭이는 촛불이 으스스하게 비추고 있다.

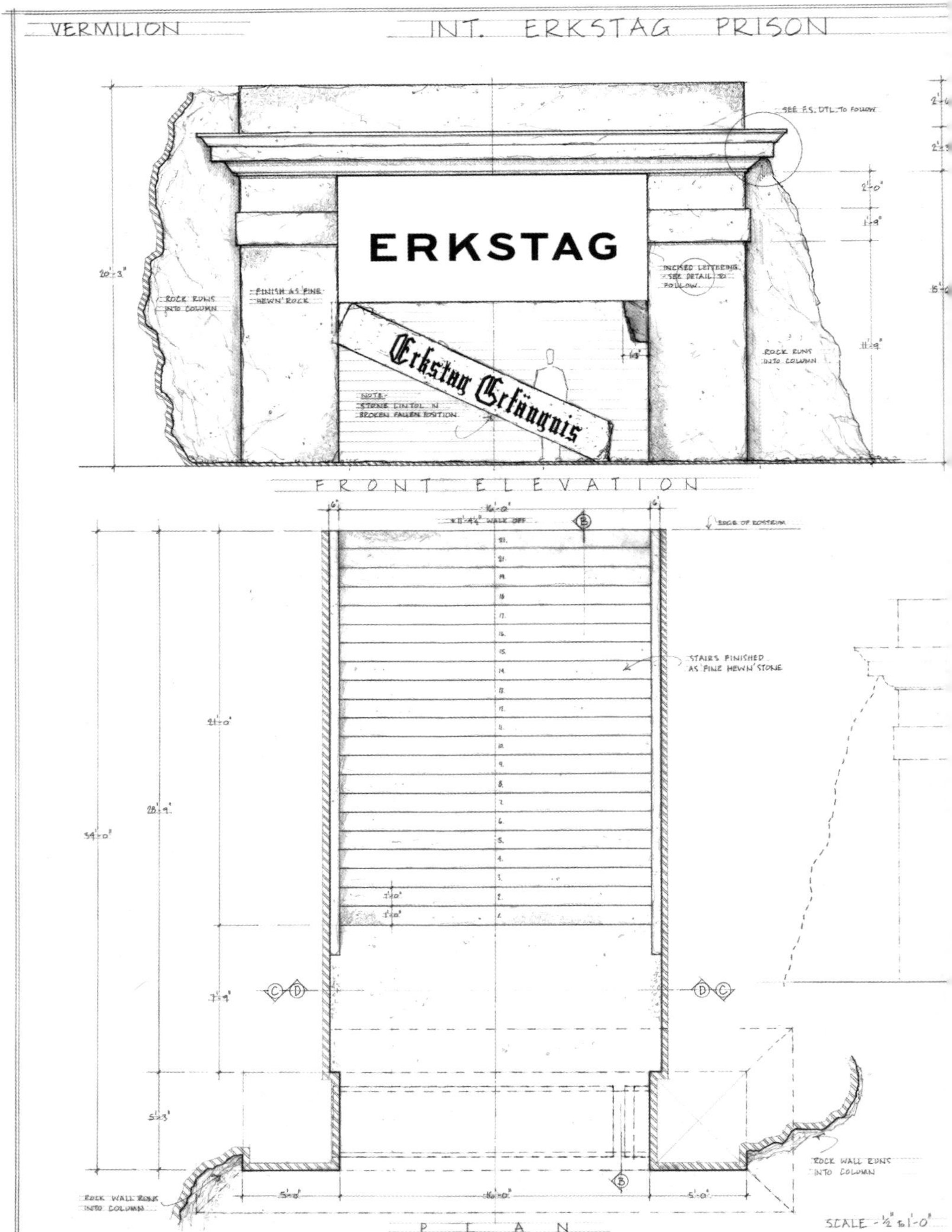


에르크슈타크 감옥 입면도

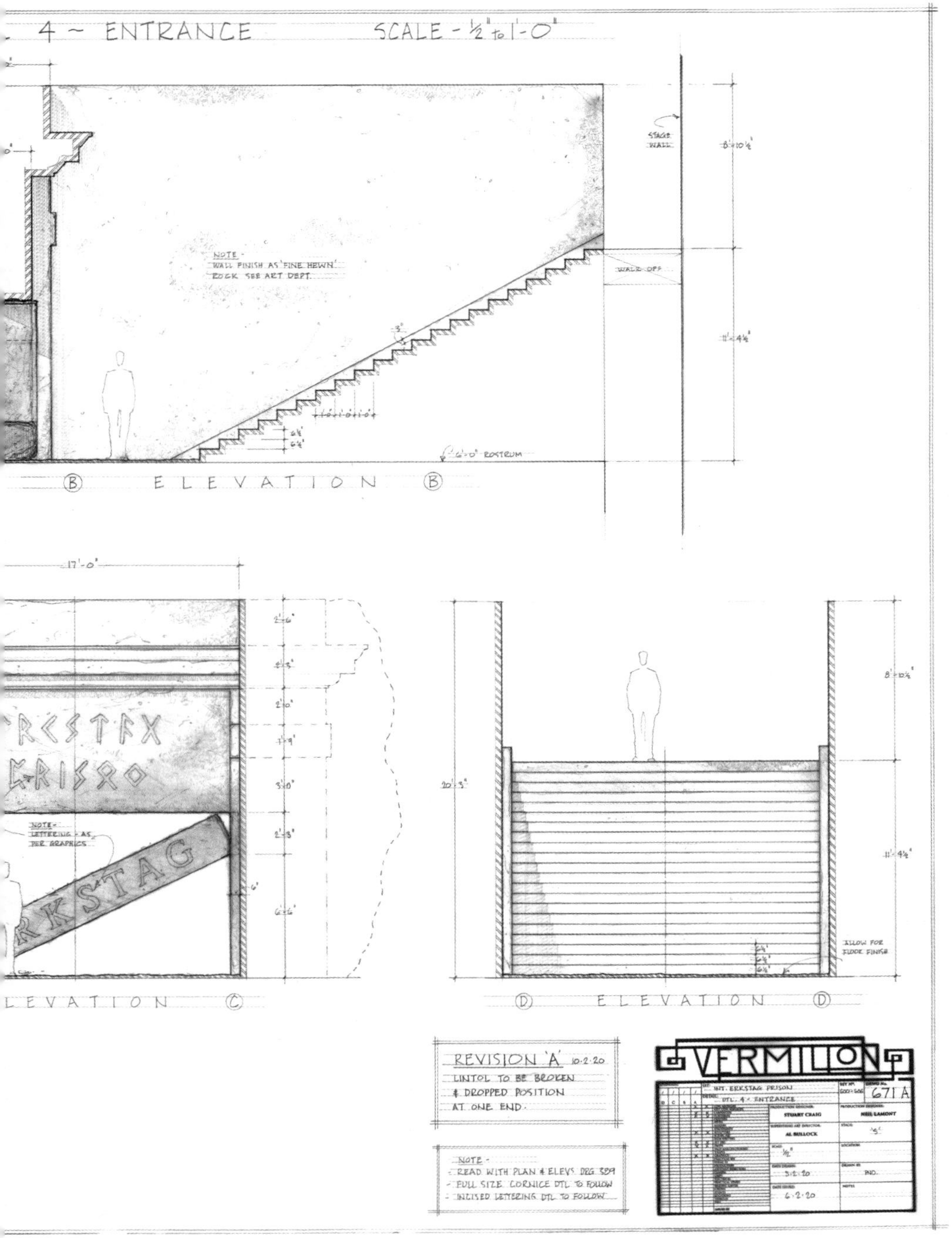
4 ~ ENTRANCE
SCALE - ½" to 1'-0"
NOTE - WALL FINISH AS FINE HEWN ROCK SEE ART DEPT.
STAGE WALL
WALL OFF
8'-10½"
11'-4½"
6'-0" ROSTRUM
Ⓑ ELEVATION Ⓑ
17'-0"
2'-6"
2'-0"
3'-0"
2'-3"
6'-6"
20'-3"
NOTE - LETTERING - AS PER GRAPHICS
ERKSTAG
ELEVATION Ⓒ
ALLOW FOR FLOOR FINISH
Ⓓ ELEVATION Ⓓ
REVISION 'A' 10·2·20
LINTOL TO BE BROKEN & DROPPED POSITION AT ONE END.
NOTE -
- READ WITH PLAN & ELEVS DRG 389
- FULL SIZE CORNICE DTL TO FOLLOW
- INCISED LETTERING DTL TO FOLLOW
VERMILION
INT. ERKSTAG PRISON
DTL. 4 - ENTRANCE
671 A
STUART CRAIG
NEIL LAMONT
AL BULLOCK
½"
3·2·20
6·2·20

**뉴트**

형을 만나러 왔습니다. 이름은 테세우스 스캐맨더예요.

뉴트가 덤블도어에게 받은 서류를 내미는데 닳고 닳은 티나의 사진이 교도관의 책상 위로 툭 떨어진다. 열정이 넘치는 마법 스탬프가 뉴트의 서류로 향하면서 티나의 사진을 밟고 지나가려 하자 뉴트는 재빨리 티나의 사진을 낚아챈다.

**뉴트**

죄송합니다, 이건 아니고요….

뉴트는 교도관이 테세우스의 넥타이를 착용한 걸 알아채고 잠시 쳐다본다.

**교도관**

지팡이.

뉴트는 인상을 쓰며 외투 안으로 손을 넣어 마지못해 지팡이를 꺼낸다. 교도관은 뻣뻣하게 일어나 자기 지팡이로 뉴트의 몸을 수색한다. 지팡이가 주머니 위로 오자 주머니 속에서 끼애액 소리가 들린다.

**뉴트**

아. 그건… 제가 마법동물학자라서요….

교도관은 뉴트의 외투 주머니에서 피켓을 끄집어낸다.

**뉴트**

아무런 해도 끼치지 않는 녀석입니다. 그냥… 애완동물이에요.

피켓이 고개를 위로 치켜들며 항의하듯 얼굴을 찌푸린다.

**뉴트**

미안.

또 다른 주머니에서 테디가 고개를 내민다.

**뉴트**

그건 테디인데… 솔직히 말썽꾸러기예요….

**교도관**

여기 두고 가요.

뉴트는 마지못해 피켓과 테디를 교도관에게 맡긴다. 뉴트가 울적한 표정으로 지켜보는 가운데 교도관은 피켓을 뉴트의 지팡이와 함께 한쪽 보관함에 넣고, 테디를 다른 보관함에 집어넣는다. 테디의 통통한 몸이 보관함 안에 빠듯하게 들어간다. 피켓이 보관함 안에서 애원하듯 소리친다. 교도관이 꿈틀대는 유충들이 담긴 양동이에 손을 넣자 속이 역겨울 정도로 질벅거리는 소리가 들린다. 교도관은 유충 한 마리를 꺼내 손에 쥐고 흔들어 본다. 유충은 부르르 떨며 반딧불이로 변신한다. 교도관은 반딧불이를 조그마한 금속 랜턴에 집어넣는다. 반딧불이가 날개를 파닥이자 랜턴에서 희미한 불빛이 흔들거리며 흘러나온다. 랜턴을 받아 든 뉴트는 어두컴컴한 통로를 바라본다.

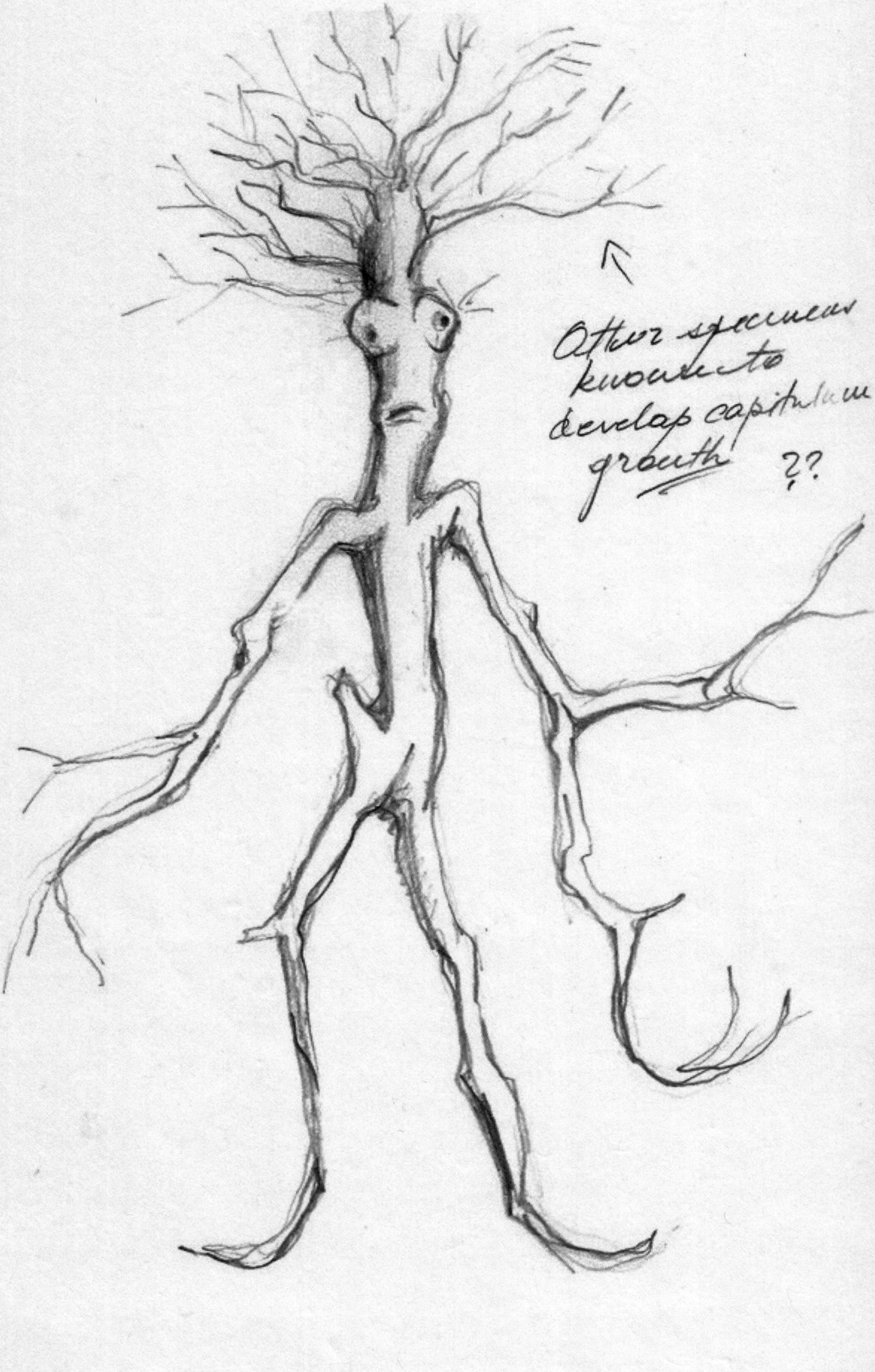
Other specimens
known to
develop capitulum
growth
??

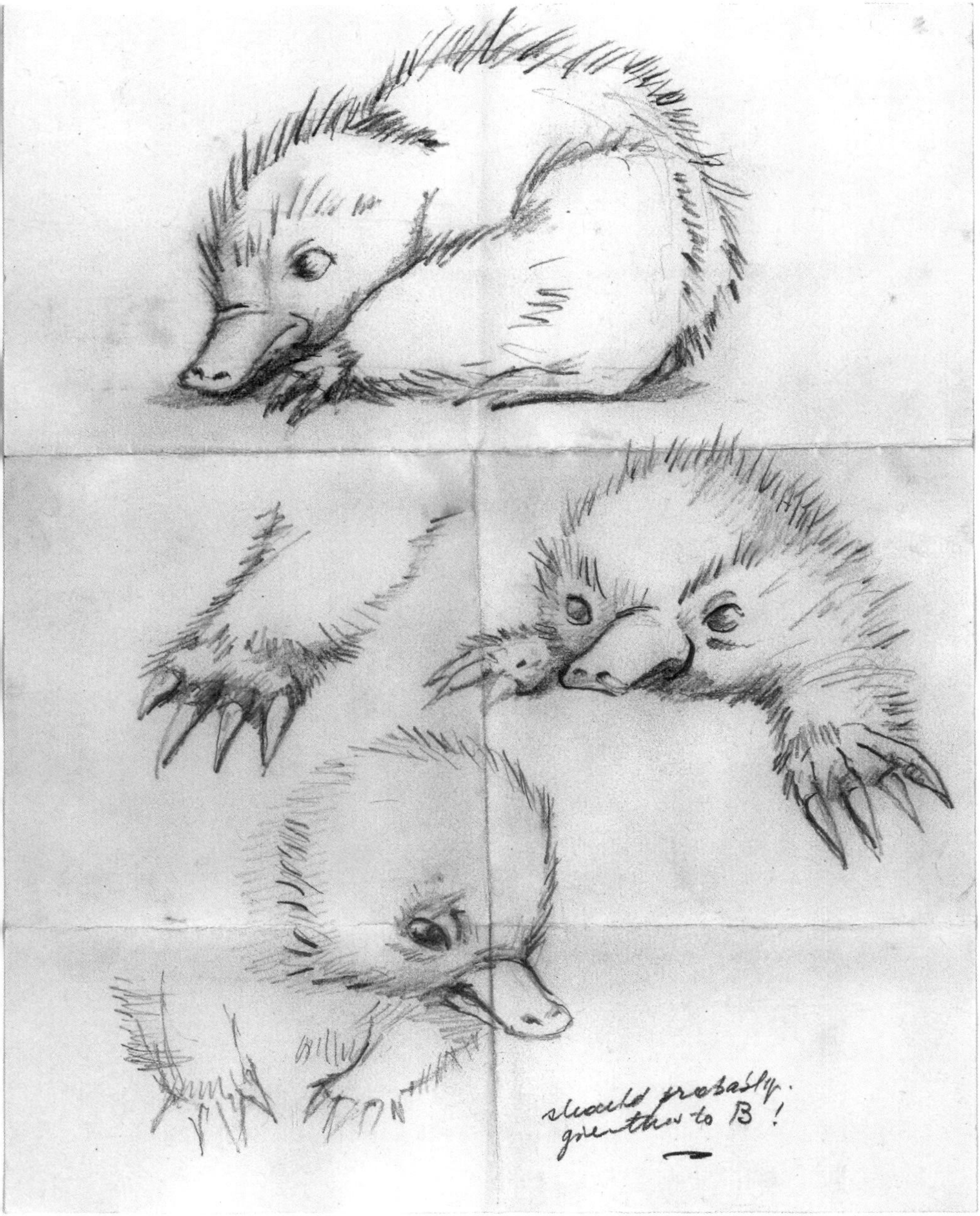
should probably
give them to B!

뉴트 스캐맨더의 수첩 스케치

**뉴트**

형이 어디 있는지 어떻게 찾습니까?

**교도관**

형?

**뉴트**

예.

**교도관**

당신 형처럼 생긴 사람을 찾으면 되겠네요.

통로로 들어가려는 뉴트를 피켓이 애타게 바라본다.

**뉴트**

꼭 돌아올게, 픽(피켓의 애칭—옮긴이). 약속해.

뉴트는 어두운 통로로 들어가기 전에 뒤를 돌아본다.

**교도관**

"꼭 돌아올게, 픽. 약속해." 그 약속이 지켜지면 난 마법 정부 총리다.

교도관은 빈정대며 고약하게 웃는다. 테디는 피켓이 교도관에게 혀를 내미는 모습을 바라본다.

**50 실외. 독일 마법 정부. 밤.**

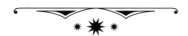

마법 정부 건물 주변의 거리가 그린델왈드 지지자들로 바글거린다. 지지자들은 그린델왈드의 얼굴이 그려진 플래카드를 들었고 고수들은 맹렬하게 북을 두드려 댄다. 계단 맨 위에서 헬무트가 차가운 얼굴로 거리를 바라본다.

**51 실내. 그린델왈드의 차 안. 밤.**

그린델왈드는 선팅한 유리 너머로 지지자들의 얼굴을 매료된 눈으로 바라본다. 그의 옆자리에는 로지어가 앉아 있다.

차창 너머 지지자들의 얼굴 초점이 흐려진다. 대신 차창 유리에 이미지가 나타난다. 그린델왈드만 볼 수 있는 이미지인데, 지팡이를 든 제이콥의 모습이다.

앞으로 몸을 기울인 로지어가 운전기사에게 말한다.

**로지어**

다른 길로 돌아가요. 여긴 안전하지 않아요.

**그린델왈드**

(차창을 보고 있다가 정면으로 고개를 돌리며)
아니. 내려.

겔러트 그린델왈드의 알파벳 앞글자(G)를 활용한 장식품

**로지어**

예?

**그린델왈드**

차창 말이야. 내려….

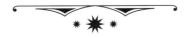

로지어는 떨리는 손으로 차창을 약간 내린다. 곧바로 지지자의 손가락이 차 안쪽으로 들어오고 그린델왈드를 부르는 요란한 목소리도 흘러 들어온다. 눈을 감은 채 가만히 앉아 있던 그린델왈드는 예고도 없이 차문을 열고 내린다….

로지어

안 됩니다! 안 돼요!

그린델왈드는 북적이는 인파 속으로 몸을 던지고 로지어는 어쩔 줄 몰라 하며 그 자리에 굳은 채 앉아 있다.

**52 실외. 독일 마법 정부. 밤.**

그린델왈드는 로마의 집정관처럼 손을 흔들며 열성 지지자들의 파도를 타고 계단 위로 올라간다.

**53 실내. 위층 발코니. 독일 마법 정부 건물. 밤.**

키 큰 영국 마법사와 프랑스 마법 정부 총리(빅터), 피셔, 보겔이 발코니에 나란히 서서 들썩이는 군중을 내려다본다.

보겔

저들은 우리에게 자기네 말을 들으라고 제안하는 것도, 부탁하는 것도 아닙니다. 요구하는 겁니다.

영국 마법사

정말 그를 후보로 내보내려는 건 아니죠?

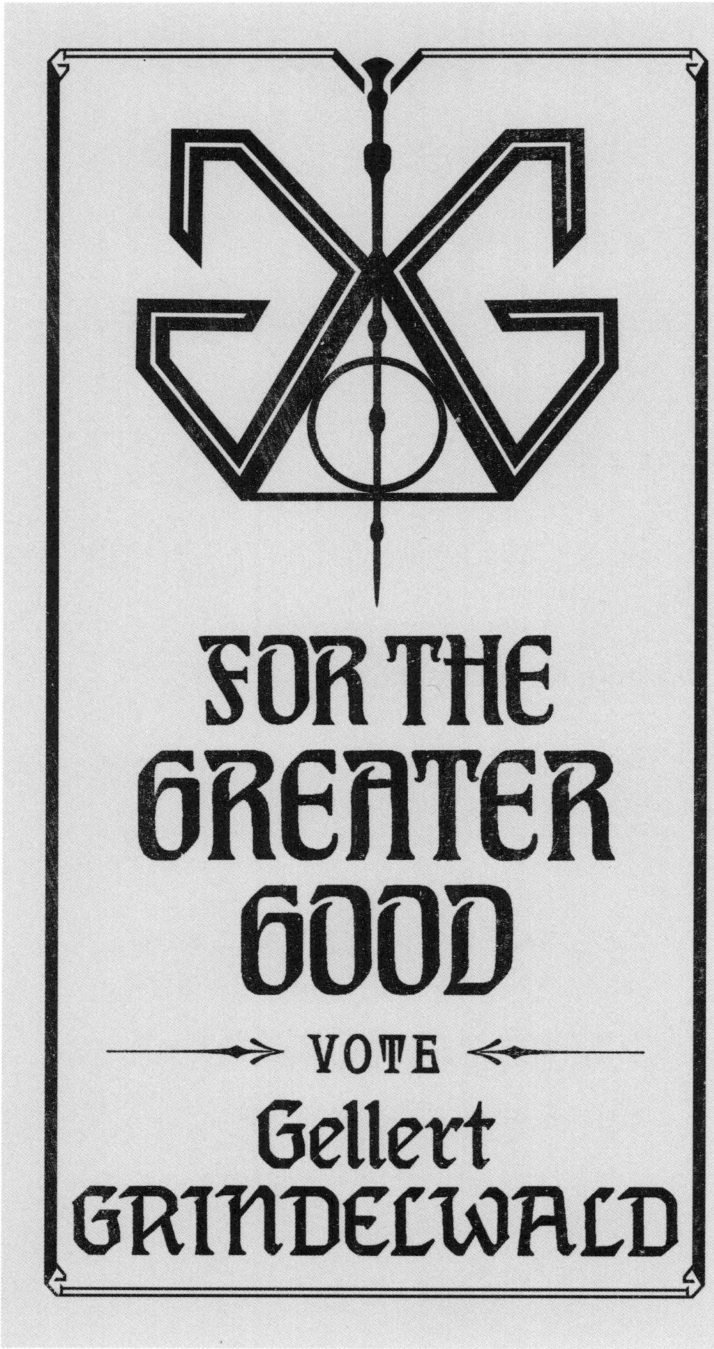
FOR THE
GREATER
GOOD
VOTE
Gellert
GRINDELWALD

VOTE
Gellert
GRINDELWALD
FOR
SUPREME MUGWUMP
INTERNATIONAL
CONFEDERATION
OF WIZARDS
BEHOLD THE INSIGNIA OF THE GREATER GOOD

그린델왈드 선거 용품

**보겔**

아뇨! 맞습니다. 후보로 내보내야죠!

저 아래, 유령처럼 하얗게 질린 얼굴로 차에서 내린 로지어가 군중 속에서 앞으로 나아가는 그린델왈드를 바라본다.

**영국 마법사**

겔러트 그린델왈드는 머글과 전쟁을 하려는 자예요! 그자가 바라는 대로 되면 머글 세계뿐 아니라 우리 세계도 파괴되고 말아요.

**보겔**

그러니 당선이 안 되겠죠! 후보로 나가게 하고 투표해야 합니다. 그가 낙선해도 군중은 자기네 목소리를 냈으니 만족하겠지만, 목소리조차 내지 못하게 막으면… 거리는 피로 물들 겁니다.

그들은 거리를 내려다본다. 군중이 그린델왈드를 떠받쳐 독일 마법 정부 건물의 계단으로 데려가고 있다.

**54 실내. 통로. 에르크슈타크 감옥. 밤.**

흔들리는 조그만 불빛이 가까이 다가온다. 불빛이 좀 더 앞으로 오자 랜턴을 든 뉴트의 모습이 보인다. 뉴트가 걸음을 멈춘다.

**뉴트**

테세우스!

주변 그림자 속에서 조그마한 무언가가 움직이는 소리가 들린다.

뉴트는 웅크리고 앉아 랜턴을 앞으로 뻗는다. 게처럼 생긴 작은 생명체—새끼 맨티코어—가 가까이 다가온다. 새끼 맨티코어는 뉴트를 올려다보며 촉수를 흔든다. 누가 봐도 귀여운 모습이다.

뉴트는 새끼 맨티코어에게 매료된다. 그가 지켜보는 동안 다른 새끼 맨티코어가 한 마리, 또 한 마리, 또 한 마리 차례로 모습을 드러낸다. 그중 하나가 그를 올려다보며 이빨을 드러낸다. 그때부터는 귀엽지가 않다.

뉴트는 중앙 아트리움 쪽으로 주춤주춤 물러서다가 거대한 구덩이 가장자리에 발이 닿는다. 그는 시커멓고 거대한 구덩이를 내려다본다. 그 아래 그림자 진 곳에서 무언가가 꿈틀거린다.

뉴트가 게처럼 괴상한 자세를 취하자 새끼 맨티코어들이 그 동작을 따라 한다.

**55 실내. 그랜드 홀. 독일 마법 정부. 밤.**

랍스터 요리가 담긴 접시가 각 테이블로 전달된다. 자리에 앉은 랠리는 홀 안을 둘러보면서, 리우와 산토스가 앉아 있는 자리를 중심으로 그 주변을 왔다 갔다 하는 버스보이(빈 그릇 치우는 일을 하는 사람—옮긴이)와 웨이터 들을 살펴본다. 그중에 위협이 될 만한 자가 있는지 살피는 것이다. 눈가가 어둑한 웨이터 하나가 계속 신경 쓰인다.

고블릿 잔이 마법의 힘으로 와인을 채워준다. 제이콥은 잔을 들어 와인을 마신다. 그는 홀 저쪽에서 열정적으로 손을 흔들어 대는 이디스를 보고 건배의 뜻으로 잔을 살짝 기울여 보인다. 그는 지휘자 같은 머리 모양을 하고 이디스의 왼쪽에 앉아 있는 마법사를 눈여겨본다.

**제이콥**

랠리. 저 괴상한 머리를 한 남자 말입니다. 이디스 옆자리요. 딱 살인범처럼 생겼어요. 제 삼촌 도미닉하고도 닮았고요.

**랠리**

(제이콥이 말한 사람을 쳐다보며)
도미닉 삼촌이 노르웨이 마법 정부 총리예요?

**제이콥**

아뇨.

**랠리**

그럴 줄 알았어요.

랠리는 미소 짓는다. 그때 갑자기 실내 분위기가 달라지더니 그린델왈드와 그의 수행원들이 기세등등하게 홀에 입장한다. 그린델왈드는 비스듬하게 빗어 올린 머리에 구겨진 재킷 차림이라 다소 비딱해 보이지만, 허세 떠는 상류층으로 가득한 이 홀에서는 오히려 진실성 있게 보인다. 그린델왈드는 연주를 재개하라는 뜻으로 집요정 사중창단을 돌아본다.

제이콥 코왈스키 의상 스케치

그린델왈드는 로지어, 퀴니, 카마, 캐로, 자비니를 비롯한 부하들을 이끌고 홀 안쪽으로 걸어간다.

퀴니가 앞으로 지나가자 제이콥이 의자에서 벌떡 일어선다.

**제이콥**

퀴니… 퀴니.

퀴니는 제이콥이 거기 있는 걸 알면서도 쳐다보지도 않고 지나간다.

**그린델왈드**

(산토스를 보며)
산토스 씨. 반갑습니다. 지지자들 열성이 대단하더군요.

**산토스**

(차가운 미소를 지으며)
그쪽 지지자들도요, 그린델왈드 씨.

그린델왈드는 눈은 안 웃고 입꼬리만 올려 싸늘하게 미소 짓는다.

**56 실내. 깊고 아득한 통로. 에르크슈타크 감옥. 밤.**

테세우스는 작은 감방에 발목이 결박된 채 거꾸로 매달려 있다. 달그락 달그락 소리에 통로 저쪽을 돌아보니 뉴트가 괴상한 게걸음으로 오고 있다. 뉴트를 따라오는 수백 마리의 새끼 맨티코어들도 모두 뉴트의 동작을 따라 하고 있다.

테세우스

날 구하러 온 거지?

뉴트

그렇다고 할 수 있어.

테세우스

(뉴트의 게걸음을 보며)

너 지금 그러고 걷는 거, 전략적인 거냐?

뉴트

동작 모방이라는 기술인데 폭력 사태를 막아주는 효과가 있어. 이론적으로는 그래. 전에 딱 한 번 시도해 봤어.

테세우스

결과는 어땠어?

뉴트

결론에 이르지 못했어. 실험실이라 조건이 엄격하게 통제돼 있었거든. 지금은 더 불안한 상황이라서 궁극적인 결과를 예측하기가 힘들어.

뉴트는 사교적인 성격이 아닙니다. 동물들과 함께 있을 때 더 편안해하죠. 시스템의 일부로 사는 게 태생적으로 안 맞는 사람이라 학교에서도 잘 지내지 못했습니다. 학교에서 쫓겨날 뻔했죠! 테세우스는 학교에서 잘나가는 학생이었고 나중에는 마법 정부에서 일하게 됩니다. 그는 전쟁 영웅인 데다가 뉴트와는 달리 신체적으로도 우월하고 사람들하고도 잘 지냅니다. 형제가 영 딴판이죠. 이 영화에서 둘은 함께 일을 진행하면서 서로의 모자란 점을 채워줄 수 있음을 깨닫게 됩니다.

-에디 레드메인(뉴트 스캐맨더 역)

**테세우스**

이번 실험의 결과는 우리의 생존 여부겠네.

저 아래 어두컴컴한 구덩이에서 거대한 촉수가 올라오자 뉴트는 그 자리에 굳어 선다. 테세우스와 뉴트는 놀라 서로를 바라본다. 뉴트는 조심스럽게 촉수를 향해 돌아선다. 촉수가 뉴트를 살피고 있는데, 테세우스 근처 감방 앞에 있던 램프 불빛이 파르륵 꺼진다.

촉수가 아래로 내려가고 전갈 꼬리 같은 거대한 꼬리가 올라와 불빛 꺼진 감방으로 쑥 들어간다. 꼬리는 그 안에 결박돼 있던 사람을 붙잡아 구덩이로 끌고 내려간다. 잠시 후, 구덩이에서 던져 올린 시체가 뉴트 근처에 철퍼덕 떨어진다. 뉴트가 랜턴을 들어 확인해 보니 내장이 뽑혀 나간 시체다. 새끼 맨티코어들이 잔치라도 벌어진 듯 시체로 우르르 몰려간다. 잠시 그 모습을 바라보던 뉴트는 옆걸음질로 감방으로 들어가, 테세우스의 발목을 결박한 밧줄을 손으로 뜯어낸다.

마지막 가닥을 뜯어내자 테세우스가 바닥에 떨어진다.

**테세우스**

잘했어.

감방에서 나간 형제는 바다처럼 늘어서서 길을 틀어막은 새끼 맨티코어들을 마주한다.

**테세우스**

이제 어쩔 계획이야?

**뉴트**

이거 좀 들고 있어.

랜턴을 테세우스에게 건넨 뉴트는 두 손을 입가에 모으고 쏙독새 소리 비슷한 휘파람 소리를 낸다.

**57 실내. 에르크슈타크 감옥. 밤.**

교도관이 발을 위로 올리고 앉아 코를 골고 있다. 피켓이 보관함의 자물쇠를 따고 문을 연다.

**58 실내. 에르크슈타크 감옥 깊숙한 곳. 밤.**

**테세우스**

휘파람은 뭐야?

**뉴트**

도움이 필요해서.

뉴트가 발레 하듯 포즈를 취하자 새끼 맨티코어들이 즉시 그의 동작을 따라 한다.

에르크슈타크 감옥 깊숙한 곳에서는 반딧불이가 들어 있는 랜턴의 불빛이 조명의 전부입니다. 맨티코어가 이 반딧불이를 질색해서 각 감방 앞에 반딧불이가 담긴 랜턴을 걸어놓죠. 랜턴의 빛이 꺼지면 맨티코어가 그 감방에 있는 사람을 공격하게 됩니다. 랜턴 안의 반딧불이가 죽는 순간, 그 랜턴에 의지하고 있던 사람도 죽은 목숨이 되는 거죠. 맨티코어가 올라와 꼬리의 꼬챙이로 꿰어갈 테니까요.

-크리스티안 만츠(시각 효과)

**뉴트**

따라와.
(잠시 후)
어서.

테세우스도 뉴트와 똑같은 자세를 취한다. 뉴트와 테세우스는 옆걸음질로 나아가기 시작한다.

**뉴트**

몸을 제대로 흔들어야지. 이렇게, 이렇게 흔들어.
섬세하게.

**테세우스**

너랑 똑같이 흔들고 있잖아.

**뉴트**

아니거든.

두 사람 사이에 있던 어느 감방 입구의 램프가 파르륵 꺼진다. 꼬리가 다시 올라와 그 감방에 있던 사람을 잡아간다.

잠시 후 그들 발치에 피부만 남은 시체가 철퍼덕 떨어진다. 테세우스와 뉴트는 서로를 마주 본다.

**테세우스**

흔들.

**59 실내. 그랜드 홀. 독일 마법 정부. 밤.**

조용히 앉아 있는 퀴니의 눈에서 눈물 한 방울이 뺨을 타고 흘러내린다. 그 테이블에 함께 앉은 이의 시야에서는 보이지 않는 쪽 뺨이다.

홀 저편에 자리한 제이콥이 퀴니를 유심히 바라본다. 카메라가 두 사람을 차례로 한참 비추고 그들 주변이 흐릿해진다….

**그린델왈드**

가봐.

퀴니가 흠칫 놀란다. 그린델왈드가 퀴니에게 몸을 기울인다. 그는 퀴니의 뒤쪽, 출입구 근처에서 머뭇거리고 있는 크레덴스를 고갯짓으로 가리킨다. 퀴니가 의자에서 일어선다….

**그린델왈드**

퀴니. 가서 괜찮다고 말해. 이번에 실패했어도 또 기회가 있을 거라고, 중요한 건 충성심이라고 전해.

그린델왈드가 빤히 쳐다본다. 퀴니는 고개를 끄덕이고 그 자리를 떠난다.

새로운 앵글—랠리

랠리는 홀을 가로질러 가는 퀴니를 바라본다. 퀴니가 앞으로 지나가자 제이콥은 다시 벌떡 일어서지만, 퀴니는 마음을 굳게 먹고는 그를 무시하고 지나간다. 상심한 제이콥은 도로 자리에 앉는다.

랠리는 그린델왈드를 돌아본다. 그때 로지어가 눈가가 어둑한 웨이터와 함께 홀로 들어온다. 로지어가 웨이터에게 무어라 속삭이자 웨이터는 멈칫하더니 산토스의 테이블로 향한다.

랠리는 눈가가 어둑한 웨이터의 움직임을 눈여겨본다. 웨이터는 루비처럼 붉은 액체가 담긴 술잔을 쟁반에 받쳐 들고 방을 가로질러 간다. 냅킨을 내려놓고 의자에서 일어선 랠리는 제이콥에게 고개를 돌린다.

**랠리**

여기 있어요.

제이콥은 와인을 또 한 잔 벌컥벌컥 마신다.

랠리는 웨이터들 옆을 지나, 버스보이들 사이로 나아간다.

**랠리**

실례합니다.

랠리는 눈가가 어둑한 웨이터가 산토스 가까이 다가가는 모습을 본다….

…눈가가 어둑한 웨이터는 산토스 쪽으로 허리를 굽히고 술잔을 내려놓는다. 랠리가 그쪽으로 가려는데 경호원 두 명이 가로막는다.

**제이콥**

아, 제길….

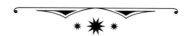

제이콥은 흔들리는 배에 탄 사람처럼 비틀거리며 그린델왈드의 자리로 다가간다.

산토스가 술잔을 드는데, 잔에 담겨 있던 루비처럼 붉은 액체가 위협적으로 쑥 올라온다. 랠리는 침착하게 주문을 걸어, 산토스의 술잔 위에 떠 있는 붉은 액체가 주빈석을 쭉 지나 나무 문에 부딪히게 만든다. 액체가 닿은 자리가 부식된다.

제이콥이 테이블 앞에 가서 서자 그린델왈드는 비로소 그의 존재를 알아챈 듯 온화하게 바라본다.

**제이콥**

그 여자를 놔줘.

**그린델왈드**

뭐라고?

제이콥이 지팡이를 꺼내 앞으로 뻗는다.

**노르웨이 마법 정부 총리**

암살자다!

랠리가 믿기지 않는 눈으로 돌아보자 제이콥은 그런 뜻이 아니라는 듯 두 손을 들어 보인다.

쉬익! 랠리가 자기 지팡이를 살짝 움직이자 지팡이를 든 제이콥의 팔이 위로 쭉 뻗어 올라간다. 토네이도 같은 회오리바람이 몰아치자 방 안의 모든 것들이 믹서기 안에서 도는 것처럼 빙빙 돈다.

랠리는 재빨리 또 다른 주문을 걸어 경호원의 신발 끈을 서로 묶어버린다.

손님들은 황급히 홀을 빠져나간다. 샹들리에가 모조리 흔들리고 벽에 걸린 휘장들은 바람에 물결친다. 식탁보가 들썩이고 냅킨이 비둘기처럼 날아오른다.

멀리 있던 한 사람이 제이콥의 눈에 들어온다. 부옇게 보이던 그 사람에게 제이콥의 초점이 맞춰지면서 누구인지 드러난다….

퀴니다.

퀴니는 혼란스러운 홀 한가운데서 제이콥을 마주 보며 서 있다. 그들의 눈이 서로에게 고정돼 있다….

…퀴니는 카마의 손에 이끌려 제이콥의 시야에서 사라진다.

헬무트와 오러들이 홀 안으로 들어온다.

퀴니는 홀을 나가기 직전에 본인 지팡이를 살짝 움직여 헬무트 쪽으로 의자를 날려 보낸다. 그 바람에 헬무트는 제이콥을 시야에서 잠깐 놓친다.

랠리는 책을 꺼내 허공에 던져 페이지들을 펼쳐놓은 뒤, 헬무트와 오러들을 향해 샹들리에를 떨어뜨린다. 페이지들이 폭포수처럼 뻗어나가 계단을 만들어 낸다. 제이콥은 돌아서서 페이지 계단을 밟고 올라간다. 랠리도 오러들에게 공격 주문을 쓰면서 페이지들을 밟고 제이콥에게 달려 올라간다.

헬무트가 쏜 화염에 페이지 계단에 불이 붙는다. 제이콥은 랠리에게 달려간다. 휘익! 제이콥과 랠리는 책 속으로 빨려 들어간다.

**60 실내. 에르크슈타크 감옥. 밤.**

교도관이 의자를 뒤로 살짝 젖힌 채 코를 골며 자고 있다. 교도관의 목에 걸린 반짝이는 넥타이의 끄트머리를 이빨로 꽉 문 테디가 앞으로 조금씩 미끄러진다. 테디의 작은 발이 책상 표면에서 끼이익 소리를 낸다.

위쪽에서는 보관함 가장자리에 아슬아슬하게 균형을 맞춰 선 피켓이 뉴트의 지팡이를 보관함 밖으로 꺼내려 애쓰고 있다.

아래쪽에서는 교도관이 잠을 깨자 뒤로 젖혀졌던 의자가 바로 놓인다. 그리고…

드디어 넥타이 매듭이 풀리면서 의자가 뒤로 확 젖혀지고, 교도관은 잘린 나무처럼 뒤쪽 보관함에 부딪히며 우당탕 넘어간다. 그 바람에 피켓이 앞으로 튀어나온다.

훌쩍 뛰어오른 테디는 허공에서 만난 피켓을 무시하고 그 옆에서 우수수 떨어지는 동전들을 움켜쥐며 땅에 툭 떨어진다.

또다시 휘파람 소리가 메아리쳐 들린다.

**61 실내. 감방 구역. 에르크슈타크 감옥. 밤.**

테세우스가 들고 있는 램프의 불빛이 깜박거린다. 와그작 소리에 테세우스는 걸음을 멈춘다.

새끼 맨티코어들도 멈춰 서서 빤히 쳐다본다. 테세우스는 발아래를 내려다보면서 천천히 조심스럽게 오른발을 들어 올린다. 발밑에 새끼 맨티코어 한 마리가 밟혀 으깨져 있다.

테세우스가 뉴트를 바라본다.

그 순간, 테세우스의 램프 빛이 꺼지고 어둠이 그들을 감싼다. 새끼 맨트코어들이 후다닥 달아난다.

위로 올라온 거대한 꼬리가 공격하기 위해 뒤로 잠시 젖힌다.

형제는 동시에 달리기 시작한다. 꼬리가 그들 바로 옆 감방 벽을 쳐 박살 낸다.

뉴트와 테세우스는 통로를 따라 미친 듯이 도망친다. 맨티코어의 꼬리와 촉수가 뱀처럼 이리저리 움직이면서 벽을 부수고 그들에게 불덩어리를 쏘아댄다. 거대한 맨티코어가 좁은 통로를 파고들며 그들 뒤를 바짝 쫓아온다.

오른쪽으로 방향을 꺾은 테세우스는 튀어나온 바위 지대를 밟으며 위태롭게 달려가고, 맨티코어는 흉포한 공격을 계속한다. 맨티코어의 눈과 발톱, 발이 테세우스를 집요하게 쫓는다. 테세우스는 몸통을 꿰어버릴 듯 달려드는 맨티코어의 다리를 피해 왼쪽으로 방향을 돌린다.

뉴트와 테세우스가 다시 한 통로에서 만나 앞으로 달려가는데, 그들 뒤의 천장이 무너져 내리면서 거대한 맨티코어는 그 안쪽에 갇히게 된다.

테세우스가 안도의 한숨을 내쉰 순간, 맨티코어의 촉수 하나가 테세우스의 허리를 휘감아 끌고 간다. 뉴트는 형의 손을 잡으려 다급히 따라간다.

테디가 테세우스의 넥타이를 주둥이에 물고 그들 쪽으로 달려가고 있다. 카우보이처럼 테디의 등에 올라탄 피켓은 뉴트의 지팡이를 챙겨 들었다. 교도관이 공격 마법을 써서 테디를 맞힌 바람에 피켓은 뉴트의 지팡이를 쥔 채로 앞으로 휙 날아간다.

거대 맨티코어에게 붙잡혀 구덩이 가장자리 너머로 끌려 내려가는 테세우스의 팔을 뉴트가 붙잡는다. 지팡이를 든 피켓이 뉴트의 발 앞에 떨어진다.

피켓을 본 뉴트가 지팡이를 집어 들고, 피켓은 지팡이를 꽉 붙잡는다. 뉴트는 테디를 향해 마법을 쓴다….

**뉴트**

*아씨오!*

…테디가 허공으로 들려 올라갔다가 그들 쪽으로 굴러온다.

뉴트

넥타이를 잡아!

그들은 함께 구덩이로 떨어지고

…시야에서 사라진다.

그 모습을 보고 킬킬 웃던 교도관의 램프가 깜박거리다가 꺼지고 만다. 겁에 질린 그는 시커먼 구덩이 쪽을 바라본다.

**62 실외. 숲. 다음 날 아침.**

뉴트와 테세우스는 덤불을 지나 이끼로 뒤덮인 땅에 쿵 떨어진다. 몸에 낙엽이 잔뜩 붙은 채 일어선 형제는 여전히 서로 손을 잡고 있다.

테세우스는 허리에 감긴 맨티코어 촉수를 떼어낸다. 잘린 촉수가 호수로 스르르 나아간다.

뉴트

그게 포트키였어.

테세우스는 주둥이에 넥타이를 물고 있는 테디를 뉴트에게 건넨다.

테세우스

그래.

**뉴트**

(피켓과 테디에게)
둘 다 잘했어.

뉴트와 테세우스는 나무 사이를 지나 반짝이는 호수를 바라본다. 호수 너머에 성이 우뚝 솟아 있다. 테디와 피켓도 뉴트의 주머니 안에서 내다본다. 피켓이 환호성을 내지른다.

호그와트 성이다.

호그와트 성 위로 퀴디치 선수가 골든 스니치를 쫓아 날아간다.

**63 실내. 대연회장. 호그와트 성. 잠시 후. 아침.**

랠리는 식사를 마쳐가는 학생들 옆에 앉아 있다.

**랠리**

너희가 묻진 않았지만 그래도 일반 마법 수업을
꼭 들으라고 추천하고 싶어.

뉴트와 테세우스가 걸어 들어온다.

**뉴트**

랠리.

**랠리**

왜 이제야 와요?

호그와트 성 외관

**뉴트**

문제가 좀 있었어요. 그쪽은요?

**랠리**

우리도 문제가 좀 있었죠.

랠리는 뉴트에게 예언자 일보를 건넨다. 테세우스는 뉴트의 어깨 너머로 신문을 내려다본다. 신문 1면의 커다란 제목 아래 제이콥의 사진이 실렸다.

**살인자 머글!**

**테세우스**

제이콥이 그린델왈드를 죽이려 했습니까?

**랠리**

얘기가… 길어요.

제이콥은 한 무리의 학생들과 함께 식탁 앞에 앉아 학생들에게 자기 지팡이를 보여주고 있다.

**래번클로 소속 빨간 머리 여학생**

그거 진짜 스네이크우드예요?

**제이콥**

맞아. 진짜야.

THE WIZARD WOLRD'S BEGUILING BROADSHEET OF CHOICE

BRINGING NEWS TO THE WIZARDING WORLD SINCE 1743

# THE DAILY PROPHET

PRINTED IN GREAT BRITAIN
LONDON, VENUS IN PISCES · 1932

BREAKING NEWS - BERLIN SPECIAL - BREAKING NEWS

# MURDEROUS MUGGLE!

EXCLUSIVE

EDITORIAL by UMUS FILHOUS

## MAYHEM AT GERMAN MINISTRY OF MAGIC

### GRINDELWALD ESCAPES ATTACK

BREAKING NEWS by M.CARNEIRUS

### LIU TAO AND VICÊNCIA SANTOS UNITED AGAINST GRINDELWALD

### MUGGLE'S FANTASTICAL ACCOMPLICES!

EXCLUSIVE
BRAZILIAN WIZARDS ENCHANT THE EUROPEAN WIZARDING COMMUNITY

POTIONS
WARDOUR ST SCANDAL! FRENCH POTION-MAKER TRAPPED IN THE ATTIC

1 2 3

OBSCURUS BOOKS · LATEST CATALOGUE · NOW AVAILABLE! SEND A SELF STAMPED OWL TO RECEIVE YOUR COPY TODAY

MOON CALENDAR

ASK D.SHAMAN · UNRAVELLING YOUR INNERMOST CONUNDRUMS · WEDNESDAYS AND SUNDAYS

NATIONAL WEATHER · ZODIAC · ASPECTS

NEXT WEEK · ELECTION SPECIAL · ALL YOU NEED TO KNOW! · NEXT WEEK

MORNING FINAL · DIAGON ALLEY · LONDON · GREAT BRITAIN

SPELLS · HOCUS-POCUS · GOOD NEWS · BAD NEWS · POLITICS · ARTS AND FARTS · BLAHBLAHBLAH

LETTERS OR VIBES TO THE EDITOR SHOULD BE SENT ONLY BY OWL POST AND WITH A CLEAR MIND TO THE DALY PROPHET - DIAGON ALLEY

MURDEROUS MUGGLE! · GRINDELWALD ESCAPES ATTACK · NEWS BREAKING NEWS · UNITED AGAINST GRINDELWALD

제이콥 코왈스키의 움직이는 사진이 들어갈 자리가 비어 있는
예언자 일보 예비 그래픽

조그마한 몸집의 2학년 여학생이 몸을 기울인다.

**2학년 여학생**

한 번만 잡아봐도 돼요…?

여학생이 지팡이로 손을 뻗는다.

**제이콥**

안 돼. 너무 위험해. 아주 강력하거든. 귀한 물건이라 나쁜 놈들 손에 들어가면 큰일 날 수 있어.

**또 다른 여학생**

어디서 났어요?

**제이콥**

크리스마스 선물로 받았어.

**랠리(O.S.)**

제이콥! 누가 왔는지 봐요.

고개를 돌린 제이콥은 랠리와 뉴트, 테세우스를 본다.

**제이콥**

왔네! 내 마법사 친구들이야.
(아이들에게)
뉴트와 테세우스. 저 둘은 이거고,

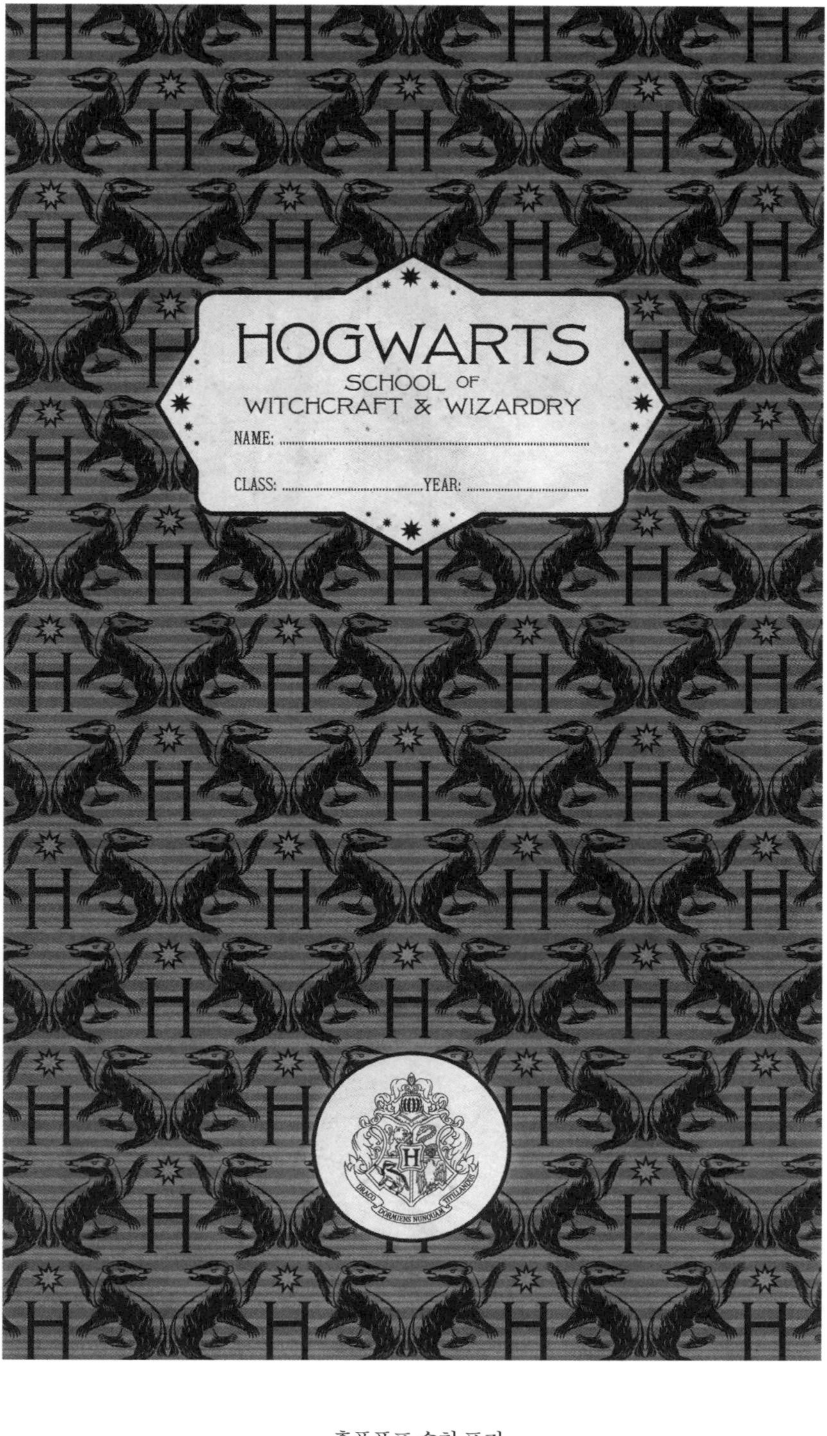
HOGWARTS
SCHOOL OF
WITCHCRAFT & WIZARDRY
NAME:
CLASS:
YEAR:
DRACO DORMIENS NUNQUAM TITILLANDUS

후플푸프 수첩 표지

제이콥은 검지와 중지로 X자를 만들고 엄지를 뻗어 보인다.

**제이콥**

이게 나야. 이만 가봐야겠다.
재미있게 보내. 나라면 안 할 것 같은 못된 짓은 말고.

제이콥이 일행에게 다가간다.

**제이콥**

놀랍지 않아요? 꼬마 마법사들이 모여 있는 곳이라니.

**테세우스**

설마요.

**제이콥**

(뉴트를 돌아보며)
내가 암살자였다니까.

**랠리**

뉴트와 테세우스는 둘 다 호그와트 학교를 다녔어요.

**제이콥**

아. 그렇군요. 어쨌든 애들이 친절하네요. 저기 있는 슬리데린 남학생들이 과자도 줬어요. 맛있더라

고요. 먹을 사람?

주머니에서 봉지를 꺼낸 제이콥은 그 안에서 작고 거무스름한 과자를 집어 입에 넣고 다른 사람들에게도 권한다.

**뉴트**

난 바퀴벌레 과자를 별로 안 좋아해. 허니듀크스 과자가 물론 제일 맛있긴 하지만.

제이콥은 충격으로 낯빛이 창백해진다. 슬리데린 학생들이 모여 앉은 곳에서 웃음이 터져 나온다. 뉴트 일행은 대연회장 뒤쪽으로 걸어간다. 맥고나걸이 학생들을 홀 바깥으로 데리고 나가고 있다. 덤블도어가 가까이 다가온다.

**테세우스**

맥고나걸 교수님. 덤블도어 교수님.

**덤블도어**

다들 잘했어. 잘 해줬어. 축하해.

**테세우스**

축하요?

덤블도어는 호그와트를 제일 편하게 생각하는 것 같습니다. 그에게 호그와트는 세상을 피해 편안히 머물 수 있는 안식처죠.

-주드 로(알버스 덤블도어 역)

이 영화에서 덤블도어는 우리가 전에 봤을 때보다 세련돼 보입니다. 입고 있는 옷의 재질이나 품질 면에서 특히 더 그렇죠. 트위드를 즐겨 입는데 부유하면서도 편안한 분위기를 자아냅니다. 지금은 부드러운 회색 옷을 입고 나중에 해리 포터 영화에서는 라벤더색 옷을 입죠.

-콜린 애트우드(의상 디자이너)

알버스 덤블도어 의상 스케치

# TRANSFIGURATION TODAY

2/6

EDITION 5948

THE MAGAZINE THAT CHANGES LIVES

## TRANSFIGURATION MASTER-MINDS OF TOMORROW

### A LOOK AT THE TOP WIZARDING STUDENTS OF HOGWARTS AND BEYOND...

Aliquam felis tellus, lobortis eget ante sit amet, pharetra fermentum massa. Pellentesque bibendum mi a erat eleifend, non interdum nisi pharetra. Etiam pretium odio nec malesuada consectetur. Nullam sed gravida enim, in eleifend augue. Quisque sit amet lorem feugiat, mollis mauris in, ultrices velit. Nullam luctus facilisis purus et egestas. Pellentesque mattis egestas lectus vel viverra lectus vulputate vitae. Aenean ipsum diam, convallis ac porttitor vel, luctus ut lectus. Proin sagittis sagittis purus sed vehicula urna tempus eu. Ut porta risus dolor, sit amet porta felis lobortis eu. Aliquam erat volutpat. Suspendisse laoreet

Sed mauris velit, dignissim ac sollicitudin tincidunt, varius eu metus. Suspendisse purus sem, sollicitudin vitae ante at, eleifend mattis magna. Maecenas luctus odio nec arcu ullamcorper, eget mollis ligula dictum. In ultricies, velit iaculis porta tincidunt, lectus enim posuere purus, ut congue est metus sed velit. Sed bibendum at mi vel congue. Integer vel nisi vitae odio pretium feugiat in vel diam. Nunc hendrerit arcu sit amet leo pretium, nec vestibulum lorem elementum as vel vestibulum elit vitae nibh. Duis turpis neque, egestas congue diam eu, iaculis convallis lacus. Nunc laoreet ullamcorper sapien

Quam in purus auctor dapibus. Maecenas in elit dignissim, pulvinar dui et, imperdiet est. Aenean facilisis urna et dolor euismod. Donec velit urna, vestibulum et consectetur id, porttitor pellentesque justo. Cras placerat quam vehicula vulputate auctor. Nulla porta augue sit amet justo interdum egestas. Ut hendrerit tortor et leo scelerisque, porta tincidunt leo blandit. Quisque aliquam, orci et fringilla consequat, nibh ipsum faucibus ex, sed dapibus dui orci at nibh. Integer pretium nisi vel nunc blandit, ut posuere nunc ornare. Suspendisse et lacus massa. Morbi sodales sem vestibulum est condimentum.

CONTINUES ON.................................. PG.4

## TRY THESE TIPS TO STREAMLINE Your SPELLS

........................ PG.7

## SARDINE HEX GOES HORRIBLY WRONG...

........................ PG.21

## 'OUT OF THIN AIR' DISCOURSE IN CONJURATION

In cursus dapibus mattis. Duis consequat id urna vitae ornare. Etiam tellus urna, hendrerit a tellus quis, semper pretium nulla. In hac habitasse platea dictumst. Praesent viverra a purus ut cursus. Suspendisse id tincidunt libero, at dictum nisl. Phasellus non neque imperdiet, fermentum ipsum sit amet, interdum quam. Etiam vehicula eleifend nibh. Quisque sit amet eros a velit cursus dapibus. Nulla turpis elit, blandit id ullamcorper sed, placerat ac ipsum. Pellentesque facilisis lectus at euismod vehicula, eros ligula pretium ligula, sed varius dolor orci ut nibh. Vestibulum sem lacus, pellentesque ac euismod eget, facilisis maximus orci. In id tristique lacus, a viverra mauris. Ut convallis nisi sit amet blandit feugiat, magna arcu aliquet enim, vel tempor orci est quis erat. Donec ac vulputate ante. In et nisl nisl. Vestibulum congue ex in sagittis posuere. Nullam posuere tortor et diam porta gravida.

CONTINUES ON..... PG.14

## JOIN THE DISCUSSION: GAMP'S LAW TO BE LOOSENED ?

Sed mauris velit, dignissim ac sollicitudin tincidunt, varius eu metus. Suspendisse purus sem, sollicitudin vitae ante at, eleifend mattis magna. Maecenas luctus odio nec arcu ullamcorper, eget mollis ligula dictum. In ultricies, velit iaculis porta tincidunt, lectus enim posuere purus, ut congue est metus sed velit. Sed bibendum at mi vel congue. Integer vel nisi vitae odio pretium feugiat in vel diam. Nunc hendrerit arcu sit amet leo pretium, nec vestibulum lorem elementum as vel vestibulum elit vitae nibh. Duis turpis neque, egestas congue diam eu, iaculis convallis lacus. Nunc laoreet ullamcorper sapien

Aliquam felis tellus, lobortis eget ante sit amet, pharetra fermentum massa. Pellentesque bibendum mi a erat eleifend, non interdum nisi pharetra. Etiam pretium odio nec malesuada consectetur. Nullam sed gravida enim, in eleifend augue. Quisque sit amet lorem feugiat, mollis mauris in, ultrices velit. Nullam luctus facilisis purus et egestas. Pellentesque mattis egestas lectus vel viverra lectus vulputate vitae. Aenean ipsum diam, convallis ac porttitor vel, luctus ut lectus. Proin sagittis sagittis purus sed vehicula urna tempus eu. Ut porta risus dolor, sit amet porta felis lobortis eu.

CONTINUES ON.................................. PG.9

## 13 NEW SPELLS TO TRY ON THE FAMILY CAT

..... PG.17

## ESSAYS on REPARIFARGE

## ALBUS DUMBLEDORE PRESENTS THEORY & PRACTICE IN 20TH CENTURY TRANSFIGURATION

‘오늘날의 변환 마법’ 잡지 1면

**덤블도어**

그래. 힉스 교수는 암살을 막았어. 자네도 멀쩡하게 살아 있잖아. 모든 게 계획대로 되지 않도록 하는 게 바로 계획이었어.

**랠리**

기본적인 교란 작전이죠.

**테세우스**

교수님. 어쨌든 원점으로 돌아온 거잖습니까?

**덤블도어**

솔직히 훨씬 더 나빠졌어.
(랠리에게)
아직 말 안 했어요?

테세우스와 뉴트가 랠리를 돌아본다.

**랠리**

그린델왈드가 최고위원장 선거에 출마하게 됐어요.

**테세우스/뉴트**

뭐라고요? 어떻게요?

**덤블도어**

보겔이 옳은 일이 아니라 쉬운 일을 하기로 했거든.

덤블도어는 허공에 대고 지팡이를 휘둘러, 거리의 예술가처럼 산이며 골짜기의 이미지를 만들어 낸다. 그들 주변에 피어난 연기 속에서 이미지들은 구체적인 형상을 갖추고 서서히 아름다운 풍경으로 변한다. 다들 경외에 찬 눈으로 그 풍경을 바라본다.

제이콥은 어리둥절해하며 주변을 둘러본다.

**테세우스**

괜찮아요.

**뉴트**

부탄이네요.

**덤블도어**

맞아. 후플푸프에 3점. 부탄 왕국은 히말라야 동쪽 높은 곳에 있어. 이루 말할 수 없을 만큼 아름다운 곳이지. 우리가 쓰는 중요한 마법의 일부는 그곳에서 시작됐어. 거기서 차분히 귀를 기울이면 과거가 속삭여 준다고들 하지. 최고위원장 선거가 열리는 곳이 바로 거기야.

대연회장 천장 아래에 연기가 피어난다. 연기 한가운데서 산꼭대기에 '이어리' 성이 잠깐 나타났다가 사라진다.

**테세우스**

설마 놈이 당선되진 않겠죠?

덤블도어

며칠 전까지만 해도 법적 처벌을 피해 다니는 도망자 신세였는데 지금은 국제 마법사 연맹의 정식 후보야. 위험한 시기에는 위험한 자가 지지를 받지.

덤블도어는 돌아서서 대연회장 저쪽으로 걸어간다. 부탄의 이미지가 연기 속에서 희미하게 사라져 간다.

다들 덤블도어의 뒷모습을 바라본다.

덤블도어

저녁은 내 남동생네 집에서 먹기로 하지. 그 전에 필요한 거 있으면 미네르바 교수한테 말해.

덤블도어가 대연회장을 나가자 랠리가 몸을 기울이며 나지막하게 묻는다.

랠리

덤블도어 교수님한테 남동생이 있어요?

**64 실내. 호그스 헤드 술집. 얼마 후. 밤.**

애버포스는 그릇에 우유를 담아 새끼 기린에게 내준다. 귀를 쫑긋 세운 기린은 몸을 앞으로 기울이고 우유를 호로록 호로록 먹으며 기분 좋은 소리를 낸다. 번티가 그 모습을 바라본다.

그때, 술집 앞문이 달가닥거린다. 바람이 불면서 눈이 술집 안으로 살짝 날아든다. 여럿의 목소리와 발소리가 들리더니 덤블도어, 뉴트, 테세우스, 랠리, 제이콥이 술집 안으로 들어온다.

**뉴트**

번티! 와 있었네요!

**번티**

예.

**뉴트**

기린은 어때요?

**번티**

아, 잘 지내고 있어요.

뉴트가 허리를 굽히자 니플러 한 마리가 뉴트에게 후다닥 달려온다.

**뉴트**

어휴. 알피가 또 무슨 말썽 안 부렸어요? 너 또 티모시의 엉덩이를 문 건 아니지?

**덤블도어**

브로드에이커 양. 내 동생이 따뜻하게 맞이해 주던가요?

**번티**

예. 따뜻하게 맞아주셨어요.

덤블도어는 동생을 힐끗 쳐다본다.

**덤블도어**

다행이네요. 여러분이 묵을 방은 마을에 마련해 뒀습니다. 애버포스가 여러분에게 맛있는 저녁을 준비해 줄 거예요. 직접 개발한 레시피로 만든 요리예요.

장면 전환:

**65 실내. 호그스 헤드 술집. 얼마 후. 밤.**

철벅! 다들 기다란 식탁 앞에 앉아 있다. 기름투성이 냄비를 손에 든 애버포스가 뻑뻑한 회색 스튜를 국자로 퍼서 이 빠진 그릇에 담아준다.

**애버포스**

더 있으니까 먹고 나서 더 먹든지요.

애버포스가 계단 쪽으로 걸어가자 다들 메스꺼워하는 눈빛으로 각자의 그릇을 내려다본다.

**번티**

고마워요. 잘 먹을게요.

걸음을 멈춘 애버포스는 미소 띤 얼굴의 번티를 내려다본다. 그는 살며시 고개를 끄덕인 후 계단을 마저 올라간다.

**테세우스**

놀라워…. 생긴 건 역겨운데, 맛은 엄청 좋아.

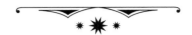

기린이 기뻐하며 매에 소리를 낸다. 다른 이들도 그릇에 스푼을 넣는다.

**제이콥**

이 조그만 녀석은 뭐야…. 왜 그러니?

제이콥은 그릇에 담긴 스튜를 탐내는 기린 때문에 제대로 먹지를 못하고, 뉴트는 그 모습을 바라본다.

**뉴트**

기린이야, 제이콥. 엄청 귀한 동물이지. 마법 세계에서 제일 사랑 받는 동물 중 하나야.

**제이콥**

어째서?

**뉴트**

기린은 영혼을 들여다볼 수 있거든.

**제이콥**

설마. 장난이지?

**뉴트**

(고개를 저으며)
선하고 존중할 만한 사람을 알아봐. 반면에 잔인

하고 거짓된 사람의 속도 꿰뚫어 보지.

**제이콥**

그래? 기린이 그런 걸 말해줘…?

**뉴트**

말로 해주는 건 아니고….

**랠리**

몸을 굽혀 절을 해요. 순수한 마음을 가진 사람 앞에서.

제이콥은 그 얘기에 매료되어 랠리를 바라본다.

**랠리**

우리 중에 해당하는 사람은 거의 없어요. 우리가 아무리 선한 사람이 되려고 노력해도요. 아주 오래 전에는 기린이 우리 지도자를 선택하기도 했어요.

제이콥은 자기 그릇을 들고 기린의 우유 그릇 쪽으로 걸어간다. 기린이 제이콥 주변에서 깡충깡충 뛰며 춤춘다. 제이콥이 스푼으로 스튜를 퍼서 기린의 그릇에 담아준다.

그 순간을 즐기며 미소 짓던 뉴트는 맞은편 거울에서 무언가를 포착한다. 거울 표면에 글자가 하나씩 나타난다.

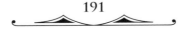

**집에 가고 싶어.**

**66 실내. 위층 방. 호그스 헤드 술집. 잠시 후. 밤.**

방 안에서 덤블도어와 애버포스가 마주 보며 서 있다. 목소리는 나직한데 자세를 보면 격하게 말다툼하고 있음을 알 수 있다.

덤블도어

갈이 가자. 내가 도와줄게. 그 애는 네 아들이야,
애버포스. 널 필요로 해.

뉴트의 시점에서 보는 모습이다. 고개를 돌리려던 뉴트는 애버포스의 손에 들려 있는 물건을 알아본다. 재를 날리는 깃털 하나. 깃털을 쥔 애버포스의 손에 검은 재가 묻었다. 불사조의 깃털이다.

뉴트가 문을 두드린다….

덤블도어

뉴트.

애버포스는 깃털을 쥔 채 뉴트의 옆을 지나 문밖으로 나간다.

덤블도어

(뉴트에게)
들어와.

뉴트가 방 안으로 들어간다.

**뉴트**

교수님. 아래층 거울에 메시지가 나타났습니다.

**덤블도어**

문 닫아.

뉴트는 문을 닫고 덤블도어를 향해 돌아선다.

**덤블도어**

크레덴스가 보낸 거야. 겔러트와 내가 사랑에 빠졌던 그해 여름에 내 동생도 사랑에 빠졌어. 고드릭 골짜기 출신 여자와 사귀었지. 그 후 그 여자는 다른 곳으로 가게 됐는데 그 여자가 아이를 가졌다는 소문이 있었어.

**뉴트**

그 아이가 크레덴스인가요?

**덤블도어**

크레덴스는 덤블도어 핏줄이야. 내가 애버포스와 더 친했으면… 내가 더 나은 형이었으면 애버포스는 내게 털어놨겠지. 그랬으면 상황이 달라졌을 거야. 크레덴스는 우리와 함께 살았겠지. 우리 가족의 일원으로.

(잠시 후)

자네도 알겠지만, 우린 크레덴스를 구할 수 없어. 하지만 크레덴스는 아직 우리를 구할 수 있을 거야.

# THE DUMBLEDORE FAMILY TREE

The Dumbledores originally lived in Mould-on-the-Wold, but moved to Godric's Hollow after Percival Dumbledore was sent to Azkaban for attacking Muggles he did not inform the authorities that his actions were in retaliation for the Muggles' traumatising attack on his daughter. Ariana The Dumbledores were the subject of much gossip, since Ariana was rarely seen, and a fist fight broke out at her funeral between her older brothers

**PERCIVAL DUMBLEDORE**
ivmixi

**KENDRA (DUMBLEDORE)**
ivmvx - ivmixix

**ALBUS DUMBLEDORE**
ivmvmi

**ABERFORTH DUMBLEDORE**
ivmvmm

**ARIANA DUMBLEDORE**
ivmvmv - ivmixix

The Dumbledores Nullam lobortis ullamcorper purus eget semper purus dignissim quis Proin et tortor nisl. Sed nec massa volutpat diam tempus hendrerit. Donec vitae nisi ligula. Curabitur sit amet lacus lacinia, ultrices enim quis ornare nisl. Ut nec tincidunt ipsum, vel ultricies tortor. Sed feugiat consectetur ultrices Aenean nibh massa, ultricies id odio sit amet, placerat tristique est. Cras tincidunt sit amet nibh sit amet consequat. Pellentesque sollicitudin dignissim lacus sed, sagittis est molestie vel. Sed sodales convallis neque, vitae molestie mi feugiat venenatis. Ut id aliquet erat, a aliquet tortor.

Mauris accumsan, ligula sit amet eleifend suscipit, diam lacus tempus enim, nec luctus dolor velit sit amet lacus. Sed in pellentesque dui. Praesent lacus tellus, semper non lacus at, dictum condimentum massa. The Dumbledores venenatis sem a bibendum eleifend, lacus metus commodo erat, ut consequat odio lorem nec nisl. Proin vitae volutpat felis. Nulla et dolor consequat erat iaculis viverra vel sit amet tortor. Nam metus justo, semper sed consectetur at, convallis at The Dumbledores ini. Duis in odio sagittis vestibulum odio ut, ullamcorper ante. Nullam in rutrum risus et ullamcorper quam. Vestibulum sit amet egestas elit, a mattis quam.

The Dumbledores vehicula elementum. Donec feugiat justo ac tempor scelerisque. Proin tincidunt et ipsum non lacinia. Suspendisse venenatis libero quis efficitur placerat, velit ipsum convallis velit, quis egestas felis erat eu justo. The Dumbledores Vestibulum at finibus nunc. Nam sed facilisis dui, vel dictum ipsum. Curabitur nec fermentum sapien. Phasellus tortor The Dumbledores leo, facilisis quis eros in, interdum placerat tortor. Duis in odio sagittis vestibulum odio ut ullamcorper ante. Nullam in rutrum risus et ullamcorper quam ed facilisis dui.

(위) 덤블도어 가문의 문장
(옆) 덤블도어 가문의 가계도 예비 그래픽

뉴트가 무어라 말하려는데 덤블도어는 손을 펼쳐 손가락에 묻은 재를 보여준다.

**덤블도어**

불사조의 재야. 크레덴스가 죽어가고 있어서 불사조가 찾아온 거지. 난 그 징조를 알아.
(뉴트한테서 시선을 돌리며)
내 여동생도 옵스큐리얼(옵스큐러스가 기생하는 숙주—옮긴이)이었어.

뉴트는 놀란 얼굴로 덤블도어를 바라본다.

**덤블도어**

크레덴스처럼 내 여동생도 마법을 표출하는 방법을 배우지 못했어. 시간이 지나면서 그 힘은 점점 더 어두워져 그 애를 오염시켰어.

덤블도어는 그림을 바라본다.

**덤블도어**

우리 중 누구도 여동생의 고통을 덜어줄 수 없었어.

**뉴트**

여동생은 어떻게… 어쩌다 죽게 된 겁니까?

**덤블도어**

겔러트와 나는 함께 떠날 계획이었어. 애버포스는 반대했지. 어느 날 밤 애버포스가 우리한테 정면으로 따지고 들었어. 언성이 높아지고 싸움이 격해졌어. 애버포스가 어리석게도 지팡이를 빼들었고 나 역시 더 멍청하게도 지팡이를 빼들었지. 겔러트는 웃기만 했어. 아리아나가 계단을 내려오는 소리는 아무도 못 들었어.

그림을 바라보는 덤블도어의 눈가가 촉촉해진다.

**덤블도어**

내 주문 때문에 아리아나가 죽었는지는 확실히 몰라. 이제 와서 그게 뭐가 중요하겠어. 방금 전에 살아 있던 아리아나가 다음 순간 죽어 있었는데….

덤블도어의 말끝이 흐려진다.

**뉴트**

유감이에요, 교수님. 위로가 될지 모르겠지만, 여동생이 죽음으로 고통에서 해방됐을 수도 있어요….

**덤블도어**

아니. 날 실망시키지 마, 뉴트. 자네만은 그러면 안 돼. 자네의 솔직함은 귀한 재능이야. 듣기 고통스러울 때도 있지만 솔직한 말을 듣는 게 나아.

덤블도어는 다시 그림으로 시선을 돌리고, 뉴트는 그런 덤블도어를 바라본다.

**덤블도어**

아래층에 있는 친구들이 피곤해서 그만 숙소에 가서 쉬고 싶겠어. 자네도 그만 가봐.

뉴트는 방을 나가려다가 문 앞에서 걸음을 멈춘다.

**뉴트**

교수님. 전에 랠리가 이런 말을 한 적 있어요. 우리는 누구나 불완전한 존재라고. 살면서 실수를 저지를 수 있지만, 아무리 끔찍한 실수라도 바로잡으려 노력하면 되는 거라고. 중요한 건 노력이라고요.

덤블도어는 고개를 돌리지 않고 그림만 바라본다.

**67 실외. 누멘가드 성. 느지막한 낮.**

카메라가 원을 그리고 돌면서 성 위쪽의 회색 하늘을 높게 비춘다. 저 아래에 검은 옷을 입은 사람들이 모여 있다. 그린델왈드와 크레덴스가 성을 향해 걸어가자, 사람들이 옆으로 물러나 길을 내준다. 성 입구에 다다른 그린델왈드가 돌아서서 사람들을 바라본다.

**그린델왈드**

우리 시대가 왔습니다, 형제자매 여러분. 숨어 살던 시절은 끝났습니다. 이제 세상은 우리의 우렁찬 목소리를 듣게 될 것입니다.

모여 선 사람들이 환호한다. 희미한 미소를 짓던 그린델왈드는 한옆에 따로 서 있는 카마를 바라본다. 카마는 환호하는 부하들 앞에 서 있지만 어쩐지 외따로 있는 분위기다. 그린델왈드가 다가와 두 손으로 뺨을 감싸자 카마는 놀란다.

**그린델왈드**

자네는 여기 와서 덤블도어를 배신한 게 아니야. 순혈의 심장을 가졌으니 있어야 할 자리로 온 것뿐이지. 나를 믿는 게 자네 자신을 믿는 거야.

카마의 눈을 지그시 들여다보던 그린델왈드는 모여선 사람들 쪽으로 카마를 데려가 부드럽게 떠민다.

**그린델왈드**

충성심을 증명해, 카마.

그린델왈드는 카마를 그 자리에 두고 돌아서서 성으로 들어간다.

역사적으로 마법사들은 머글들에게 좋은 대우를 받지 못했습니다. 그린델왈드가 지금처럼 된 배경을 생각해 봤는데, 어렸을 때 도저히 용서할 수 없는 끔찍한 일을 겪은 게 아닌가 싶습니다. 그때부터 머글들을 혐오하게 됐겠죠. 증오심이 날이 갈수록 커지다가, 선한 머글 따위는 없다는 믿음을 갖게 된 것 같습니다.

-마스 미켈센(겔러트 그린델왈드 역)

**68 실내. 지하실. 누멘가드 성. 잠시 후. 느지막한 낮.**

클로즈 온—죽은 새끼 기린

기린의 머리가 옆으로 축 늘어지자 목의 잘린 상처가 드러난다.

…괴상하게 놀치는 수면을 카메라가 물속에서 올려다본다. 꿈꾸는 듯 기괴하게 조용한데, 누군가 나타난다. 물속이라 또렷이 보이지 않지만 그 사람은 품에 무언가를 안고 있다. 그 사람이 물에 손을 담그자, 죽은 기린이 화면을 향해 몸을 돌린다. 기린의 잘린 목에서 피가 흘러나온다.

새로운 앵글—그린델왈드

셔츠 소매를 팔꿈치까지 걷어 올린 그린델왈드가 허리까지 잠긴 물에 서 있다. 기린을 안아 물속에 담근 채 불분명한 소리로 무어라 중얼거린다. 그는 물이 잠잠해지길 기다렸다가 다시 속삭인다.

**그린델왈드**

*레네르바테….*

크레덴스와 보겔, 로지어는 그림자 진 곳에 서서 그 모습을 바라본다.

그린델왈드는 기린의 목을 부드럽게 어루만져 잘린 살을 도로 붙인다. 물에서 거품이 보글보글 올라온다. 기린이 수면 위로 머리를 치켜들고 울어댄다.

**그린델왈드**

*불네라 사넨투르….*

그린델왈드의 손가락 아래서 상처 자국마저 사라진 기린이 그린델왈드를 향해 고개를 든다. 눈빛은 괴상할 정도로 텅 비었지만 겉은 건강하고 멀쩡해 보인다.

그린델왈드는 미소를 지으며 기린을 쓰다듬는다.

**그린델왈드**

그래, 그래. 어서 와라….
(고개도 돌리지 않고)
어서 와.

보겔은 옆으로 잠시 시선을 돌릴 뿐 그 자리에 서 있다. 크레덴스는 그림자 진 곳을 떠나 웅덩이 가까이 다가간다.

**그린델왈드**

이게 바로 우리가 특별한 이유다. 능력을 감추는 건 우리 자신에 대한 모욕이자 죄악이야.

그린델왈드가 웅덩이 가장자리에 내려놓자 기린은 그 자리에 똑바로 선다. 크레덴스는 부활한 기린을 넋 나간 듯 바라본다. 크레덴스의 반응에 흡족해진 그린델왈드는 기린을 돌아보다가 멈칫한다. 그가 안고 있던 기린과 똑같이 생긴 기린의 흐릿한 이미지가 물의 흐름 속에 잠깐 나타났다 사라진다. 그린델왈드의 눈빛이 사나워진다.

**그린델왈드**

한 마리가 더 있었어?

**크레덴스**

더 있었다뇨?

**그린델왈드**

그날 밤, 기린 한 마리가 더 태어났어?

그림자 진 곳에 서 있던 보겔이 고개를 돌려 물웅덩이를 바라본다. 그린델왈드의 눈이 분노로 활활 타오른다. 식은땀에 젖은 크레덴스의 창백한 얼굴이 불안감에 휩싸인다.

**크레덴스**

그건 아닐 거예요….

그린델왈드는 물웅덩이 안에서 강력하게 물을 쏘아 올려 크레덴스를 벽으로 밀어붙인다. 순식간에 물에서 올라온 그린델왈드가 손가락으로 크레덴스의 목을 움켜쥐고 노려본다. 그린델왈드의 눈이 분노로 이글거린다.

**그린델왈드**

넌 두 번이나 날 실망시켰어! 너 때문에 내가 어떤
위험에 처하게 됐는지 모르는구나?!

그린델왈드의 손에 목을 잡힌 크레덴스는 겁에 질린 어린아이처럼 몸이 굳어버린다.

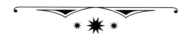

**그린델왈드**

마지막 기회를 주마. 알아들어? 그 기린을 찾아.

**69 실내. 호그스 헤드 술집. 아침.**

뉴트가 가방 밖으로 머리를 내민다.

테세우스가 기린을 갓난아기 안듯 안고 있다.

테세우스는 가방 안에 있는 뉴트에게 기린을 건네준다. 형제는 마치 자식을 애지중지하는 부모 같은 모습이다. 뉴트는 기린을 조심스럽게 가방 안으로 데리고 내려가고 테세우스와 번티는 그 모습을 조용히 바라본다.

**70 실외. 호그와트 성. 아침.**

땅에 안개가 깔렸다. 아침 햇살 속에서 다리와 성이 희미하게 빛난다.

**71 실내. 7층 복도. 호그와트 성. 아침.**

랠리, 뉴트, 테세우스, 제이콥은 복도 끝의 벽에 나타난 화려한 문으로 향한다.

**72 실내. 필요의 방. 잠시 후. 아침.**

뉴트, 테세우스, 랠리, 제이콥은 가구가 거의 없는 방으로 들어간다.

어리둥절해하던 제이콥은 뉴트의 시선을 따라 방 끝 쪽을 바라본다. 그곳에는 뉴트의 가방과 똑같이 생긴 가방 다섯 개가 바닥에 둥글게 놓였다. 그 앞에는 크고 화려한 부탄의 전경기(기도와 명상을 하며 돌리는 바퀴 모양의 경전—옮긴이)가 자리하고 있고, 가방 옆에는 번티가 서 있다.

**제이콥**

뉴트, 여긴 어디야?

**뉴트**

필요의 방.

덤블도어가 그들 쪽으로 성큼성큼 걸어간다.

**덤블도어**

다들 번티한테 표 받았지?

모두 고개를 끄덕인다. 제이콥은 그가 받은 표를 들어 모두에게 보여준다.

**덤블도어**

선거 행사장에 들어가려면 그 표가 있어야 돼.

호그와트 성 외관

'기린의 선택' 의식의 표

눈을 돌린 덤블도어 앞에 선 뉴트는 둥글게 놓인 가방들을 바라본다.

**덤블도어**

어때, 뉴트? 어떤 게 자네 가방인지 알겠어?

뉴트는 가방들을 좀 더 바라보다가 고개를 젓는다.

**뉴트**

아뇨.

**덤블도어**

좋아. 자네가 알아볼까 봐 걱정했어.

**랠리**

이 중 한 가방에 기린이 들어 있군요?

**덤블도어**

그렇습니다.

**랠리**

어떤 가방인가요?

**덤블도어**

어떤 가방이든 될 수 있죠.

**제이콥**

아, 컵 세 개로 하는 놀이와 비슷하네요.

(다른 사람들이 자신을 바라보자)
컵 돌리기 놀이 말이에요. 컵 안에 작은 공을 넣고 돌리는 거요.
(설명을 포기하며)
그런 머글 놀이가 있다고요.

**덤블도어**

그린델왈드는 이 귀한 기린을 손에 넣으려고 무슨 짓이든 할 겁니다. 그러니 기린을 행사장 안으로 안전하게 들여보내려면, 기린이 이 중 어느 가방에 들어 있는지 모르게 해야 해요. 차 마실 시간까지 기린과 우리가 모두 살아 있으면 성공입니다.

덤블도어는 머리에 모자를 쓰고 목에 스카프를 두른다.

**제이콥**

저기, 컵 돌리기 놀이를 하다 죽은 사람은 없거든요.

**덤블도어**

중요한 차이점이군요. 좋아요. 다들 가방을 하나씩 고르고 출발합시다. 코왈스키 씨, 당신과 내가 먼저 고르도록 하죠.

뉴트의 가방과 모조품들

제이콥

저요? 알겠습니다….

앞으로 걸어 나간 제이콥이 가방을 고른다. 덤블도어가 헛기침을 하며 고개를 살짝 젓자 제이콥은 멈칫한다. 그가 다른 가방을 골라 손으로 가리키자 덤블도어는 고개를 끄덕이며 돌아선다.

그 가방을 집어 든 제이콥은 고개를 끄덕이며 주변을 휙 둘러보는데, 나갈 문이 보이지 않자 미간을 찌푸린다.

덤블도어 앞에서 부탄 전경기가 빛을 낸다. 덤블도어가 손을 뻗어 만지자 아름다운 빛이 방 안을 채운다.

덤블도어

컵 돌리기 놀이에 대해 자세히 듣고 싶네요.

덤블도어는 제이콥을 바라보며 손을 내민다.

제이콥

그러시죠.

제이콥은 덤블도어의 손을 잡고, 두 사람은 빠르게 회전하는 전경기 속으로 빨려 들어가 사라진다.

두 사람이 사라진 후, 나머지는 남은 가방들을 바라본다.

**번티**

다들 행운을 빌어요.

뉴트가 앞으로 걸어 나와 가방을 고른다.

**뉴트**

행운을 빕니다.

뉴트가 사라진다.

**랠리**

당신도 행운을 빌어요, 번티.

앞으로 걸어 나간 랠리는 가방을 골라 들고 전경기 속으로 사라진다.

**테세우스**

또 봐요, 번티.

테세우스도 앞으로 걸어가 가방을 골라 들고 전경기 속으로 사라진다.

번티는 심호흡 후 마지막 가방을 집어 든다. 그녀도 전경기 속으로 사라진다.

**73 실외. 이어리 성 아래. 부탄. 낮.**

저 멀리 푸르른 산이 솟아 있다. 거의 하늘에 맞닿을 듯한 산꼭대기에 이어리 성이 보인다.

# 신비한 동물들과

하늘을 향해 뻗어 올라간 거대한 계단 아래쪽에 사람들이 모여 있다. 계단 맨 위에는 거대한 이어리 성이 자리하고 있다. 계단 아래쪽, 도금 우리 앞에 한 사람이 서 있다.

**보겔**

오늘날, 제대로 된 리더십의 부재로 세상은 분열되고 매일 온갖 음모론이 제기되고 있습니다.

보겔의 연설 장면이 전 세계 마법 정부로 송출되고 있다.

**보겔**

시시각각 어둠의 속삭임이 퍼져나가고 있습니다. 세 번째 후보가 등장하면서 이 속삭임은 날이 갈수록 커지고 있습니다. 세 명의 후보자들 중 누가 우리의 지도자로 적합한지 분명하게 확인할 방법은 하나뿐입니다.

도금한 우리 안으로 들어간 보겔은 무언가를 품에 안고 나온다. 그는 조금 전에 서 있던 자리로 돌아와 품에 안은 것을 천천히 공개한다. 사람들이 탄성을 내지른다.

새끼 기린이다.

**보겔**

학생들조차 알 정도로, 기린은 우리 마법 세계에서 가장 순수한 생물입니다. 아무도 기린을 속일 수는 없습니다.

(사람들에게 기린을 내보이며)
기린을 통해 하나가 됩시다!

**74 실외. 지붕 위. 부탄. 낮.**

구름 사이로 내려간 카메라가 마을을 비춘다. 비슷한 집들이 연이어 늘어선 거리의 지붕 위에 검은 옷을 입은 자들이 서 있다. 그중 한 무리는 로지어가, 또 다른 무리는 헬무트가 이끌고 있다. 그들은 군중 사이에서 누군가를 찾는 듯 거리를 내려다본다.

**75 실외. 거리. 부탄. 낮.**

제이콥은 산토스 지지자들 사이에 끼어 가방을 들고 걸어간다. 덤블도어는 그 옆에서 함께 걷고 있다. 산토스 지지자들은 산토스의 얼굴이 그려진 커다란 깃발을 들고 도시 너머 산을 향해 나아간다.

검은 옷을 입은 오러들이 쫓아오는 것을 알아챈 덤블도어는 제이콥을 데리고 고개를 살짝 숙이고는 방향을 바꿔 골목 안으로 들어간다. 그들은 오러들 뒤의 어느 집 문을 통해 나와서 추격을 따돌린다.

**덤블도어**

이쪽으로.

**제이콥**

이제 어디로 가요?

이어리 성

(위) 버터맥주 상표와 맞춤 활자체
(옆) '기린의 선택' 의식 깃발

MAGISTERIAL CHAMBER
OF ANCIENT WIZARDRY OF ANCIENT WIZARDRY OF ANCIENT WIZARDRY OF ANCIENT WIZARDRY
THE WALK OF THE QILIN
MAGISTERIAL CHAMBER

**덤블도어**

여기서 헤어지죠.

**제이콥**

뭐라고요? 저만 여기 두고 간다고요?

덤블도어는 목에 두르고 있던 스카프를 푼다.

**덤블도어**

만날 사람이 있어요, 코왈스키 씨. 걱정 안 해도 됩니다. 당신은 안전해요.

덤블도어가 스카프를 펼친다. 펄럭거리며 날아간 스카프가 커튼으로 변한다. 덤블도어는 제이콥을 돌아본다.

**덤블도어**

당신 가방에는 기린이 안 들어 있으니까 곤란하다 싶으면 가방을 버려도 돼요.
(잠시 주변을 둘러본 뒤)
하나 더 해줄 말이 있는데, 더 이상 자신을 의심하지 말아요. 다른 사람들에겐 없는 걸 당신은 갖고 있어요. 그게 뭔지 알아요?

제이콥은 고개를 젓는다.

**덤블도어**

활짝 열리고 가득 찬 마음이에요. 진실로 용감한 사람만이 당신처럼 그렇게 솔직하고 완전하게 마음을 열 수가 있죠.

그 말을 남기고 덤블도어는 모자를 살짝 올리며 그 자리를 떠난다.

**76 실외. 거리. 부탄. 낮.**

뉴트는 의심받지 않으려고 최선을 다하며 걸음을 재촉한다. 이상한 느낌에 멈춰 서서 뒤를 돌아보지만,

아무도 없다.

**77 실외. 좁은 길. 부탄. 낮.**

테세우스는 가방을 손에 꼭 쥐고 주변을 경계하며 걸어간다.

**78 실외. 좁은 길. 부탄. 낮.**

뉴트는 골목길을 통해 마을을 지나간다. 초록색 예복을 입은 사람이 화면에 나타난다.

**79 실외. 거리. 부탄. 낮.**

카메라가 랠리가 든 가방을 비춘다. 빠른 걸음으로 나아가던 랠리는 앞쪽에 오러들이 있음을 확인하고 골목으로 들어가 시야에서 사라진다.

VOTE!
VICÊNCIA
SANTOS
VOTE
VICÊNCIA
SANTOS
LIDERANÇA!
PROGRESSO!
MAGIA!

부탄

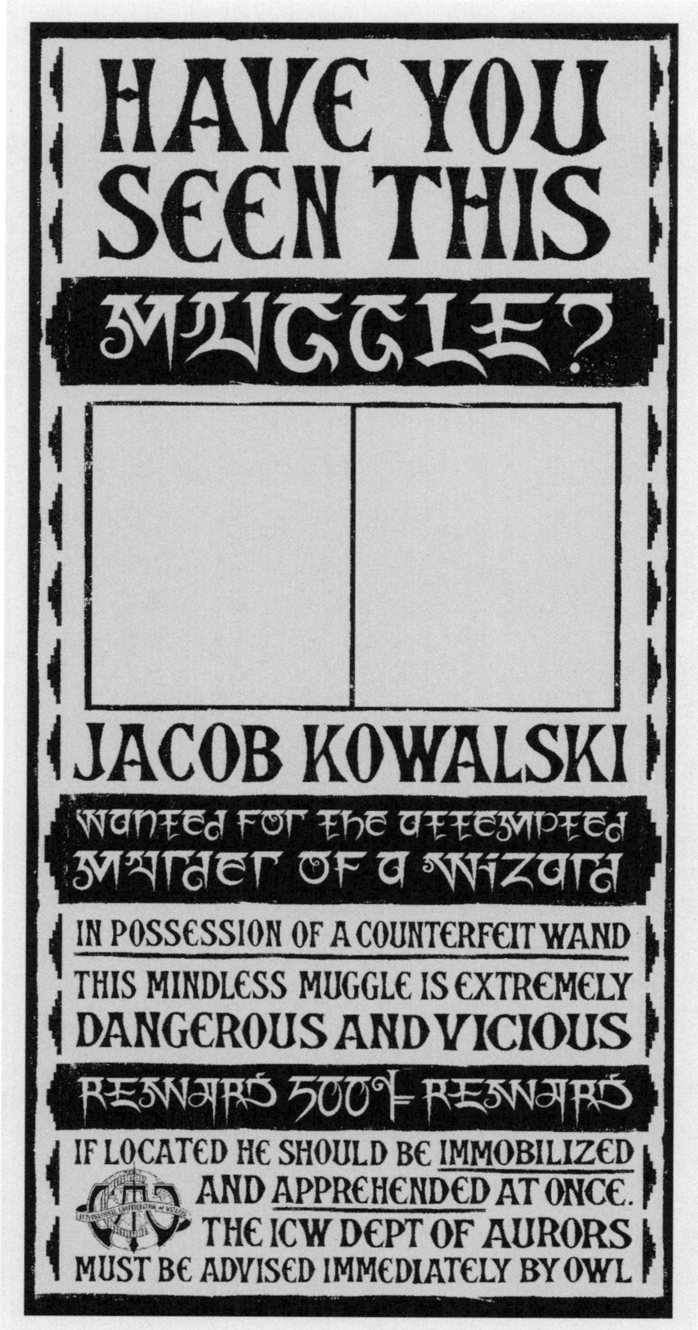


제이콥 코왈스키의 움직이는 사진이 들어갈 자리가 비어 있는
현상 수배 포스터 예비 그래픽

**80 실외. 거리. 부탄. 낮.**

테세우스도 좁은 골목을 조심스럽게 지나간다. 머리 위로 지붕 위에 선 자들이 보인다. 오러 두 명을 마주친 테세우스가 지팡이를 빼든다.

**81 실외. 뒷길. 부탄. 낮.**

랠리는 뒤를 힐끔거리며 서둘러 걸음을 옮긴다. 그때…

**82 실외. 교차로. 뒷길. 부탄. 낮.**

길을 빠져나온 랠리와 테세우스가 뒤돌아선 채 교차로에서 만난다. 지팡이를 손에 들고 뒤로 돌아선 그들은… 서로를 알아본다. 주변을 둘러보니 사방에 검은 옷의 오러들이 깔려 있다.

랠리와 테세우스는 그들을 둘러싼 오러들의 공격을 피하며 싸워나간다. 계단 위로 몸을 피하며 반격 마법을 쏜다.

랠리는 오러 세 명, 테세우스는 여섯 명 넘게 기절시켜 제압한다. 랠리는 수정구슬 10여 개를 공중에 띄운 뒤 오러들에게 날려 보내고, 테세우스는 그들 머리 위의 발코니에 있던 오러를 공격해 기절시킨다. 돌아선 랠리는 오러 한 명을 천으로 둘러싸 옴짝 못 하게 하고, 다른 오러를 벽으로 날려 보내 벽 안에 가둬 벽화처럼 보이게 만든다.

그들 앞 여기저기에 오러들이 자리하고 있다. 이대로 이겼나 싶은데, 지팡이 두 개가 나타나 랠리와 테세우스의 뒷목을 겨눈다….

MURDEROUS
MUGGLE!

부탄

**헬무트**

가방 내놔.

검은 옷의 오러 두 명을 양옆에 거느린 헬무트가 그들 뒤에 서 있다.

**83 실외. 골목/돌계단. 부탄. 낮.**

모퉁이를 돌아간 뉴트의 앞에 오러 두 명이 나타난다.

그 오러들 뒤로 제이콥이 지나가다가 돌아온다.

**제이콥**

이봐요….

오러들이 돌아본 순간, 제이콥은 가방을 크게 휘둘러 오러들을 후려치고 달아난다. 곧 정신 차린 오러들이 제이콥을 쫓아간다.

**84 실외. 위로 향하는 좁은 골목. 낮.**

모퉁이를 돌아간 제이콥은 가파르고 좁은 계단을 달려 올라간다. 잠시 후 그 자리로 온 추격자들은 걸음을 멈추고 위를 올려다본다.

아무도 없다.

제이콥의 가방만 바닥에 덩그러니 놓여 있다.

**85 실외. 뒷길. 부탄. 낮.**

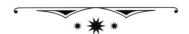

헬무트와 그의 부하들은 랠리와 테세우스의 가방을 빼앗아 바닥에 내려놓는다. 검은 옷을 입은 오러가 지팡이로 가방을 겨누는데 헬무트가 손을 들어 올린다.

**헬무트**

잠깐. 가방을 열어. 안에 있는지 확인해야지, 멍청아.

벽 안에 갇힌 오러가 주먹으로 벽을 두드려 댄다. 헬무트는 한숨을 쉬며 지팡이를 들어 그 오러를 풀어준다. 갇혀 있던 오러는 쿵 소리와 함께 바닥으로 떨어져 널브러진다.

랠리와 테세우스는 가방을 바라본다.

**86 실외. 뒷길. 부탄. 낮.**

제이콥을 추적하던 오러들 중 하나가 바닥에 놓인 가방으로 조심스럽게 다가간다.

랠리와 테세우스가 지켜보는 가운데, 헬무트의 부하 두 명이 가방 옆에 무릎을 굽힌다.

탁! 제이콥의 가방이 열리자… 그 안에 담긴 폴란드식 페이스트리들이 보인다.
랠리와 테세우스의 가방도 열린다. 한쪽 가방에는 여러 권의 책이 들었고, 다른 가방에는 골든 스니치가 튀어나온다.

제이콥의 가방을 열어본 오러는 파치키(폴란드 도넛—옮긴이)를 집어 들

부탄

고 살펴본다.

골든 스니치가 부웅 날아오른다. 헬무트는 골든 스니치가 주변의 지붕들 너머로 날아가는 모습을 바라본다.

파앗!

랠리의 가방에서 튀어나온 책들이 종이 폭풍을 만들어 오러들을 둘러싸 옴짝 못 하게 만든다.

제이콥의 가방에서 폭포처럼 쏟아져 나온 페이스트리 수천 개가 오러들을 가파른 계단 아래로 쓸고 내려간다.

괴물들에 관한 괴물책이 오러들을 공격하는 동안, 테세우스의 가방에서 나온 블러저도 골목과 지붕 위에 있는 오러들을 향해 날아간다.

헬무트는 얼굴에 붙은 종이를 신경질적으로 잡아 치우지만 랠리와 테세우스는 혼란스러운 와중에 이미 도망쳤다.

**87 실외. 거리/골목. 부탄. 낮.**

서둘러 걸어가던 덤블도어는 근처 지붕을 올려다본다. 공중에서 떨어져 내린 블러저들이 오러들을 공격해 지붕에서 떨어뜨리고 있다. 스니치가 부웅 소리를 내며 날아오자 덤블도어는 허공에서 스니치를 붙잡아 주머니에 넣는다. 골목에서 갑자기 누군가 걸어 나와 덤블도어와 걸음을 맞춰 나란히 걸어간다.

애버포스다.

**애버포스**

그 애한테 시간이 얼마나 남았지?

하늘을 가로지르는 불사조….

**88 실외. 거리. 부탄. 낮.**

…불사조는 지상에서 줄지어 나아가는 인파를 향해 날아 내려간다.

새로운 앵글—지상

한층 더 창백해진 낯빛을 한 크레덴스가 의기양양한 리우 지지자들 사이에서 힘겹게 서 있다. 몸이 쇠약해진 그는 통증 때문에 기둥을 붙잡고 서 있다가 마음을 굳게 먹고 다시 계단을 올라간다.

**89 실외. 위로 향하는 좁은 골목. 부탄. 낮.**

제이콥은 가방이 없는 상태로 좁은 골목을 걸어간다. 초록색 예복을 입은 사람 옆을 지나가는데 누군가 다가와 그의 손을 잡는다….

…그 사람은 제이콥을 옆 골목으로 끌고 간다.

**퀴니**

여기 있으면 위험해. 떠나.

**제이콥**

그게…

부탄

J. K. 롤링이 창조해 낸 여러 인물들과 마찬가지로 크레덴스도 어딘가에 속하고 싶어 합니다. 그는 그린델왈드가 믿을 만한 자가 아님을 속으로 알고 있죠. 몸도 무척 아픈 상태입니다. 옵스큐러스가 그를 점점 장악해 가는 것 같습니다. 죽음을 얼마 안 남겨둔 이 시점에서 크레덴스는 자신이 어디 속해 있는지 알아내려 합니다.

-데이비드 헤이먼(제작자)

제이콥이 말을 하려는데 퀴니가 그의 입술에 손가락을 갖다 댄다.

**퀴니**

난 못 가. 집으로 못 돌아가. 너무 늦었어. 너무 큰 잘못을 저질렀어.

제이콥은 퀴니의 손을 잡아 내린다.

**제이콥**

얘기 좀 들어봐….

**퀴니**

시간이 없어! 나 미행당하고 있단 말이야. 따돌리긴 했는데 그들이 곧 나를 찾아낼 거야.
그리고…
(목소리가 갈라지며)
…우리를 찾아내겠지.

**제이콥**

상관없어. 우리 둘이 같이 있는 거로 충분해. 더는 떨어져 있고 싶지 않아.

**퀴니**

제이콥, 정신 차려! 난 이제 당신을 사랑하지 않아. 얼른 여길 떠나란 말이야.

**제이콥**

당신은 거짓말을 참 못해, 퀴니 골드스틴.

그때, 부드러운 종소리가 들려온다.

**제이콥**

들리지? 저게 신호야.

퀴니는 말을 멈추고 그를 바라본다. 제이콥도 그녀를 지그시 바라본다.

제이콥은 퀴니의 손을 잡고 그녀를 가까이 끌어당긴다.

**제이콥**

진정하고 눈 감아. 어서. 덤블도어가 나한테 뭐라고 했는지 알아? 내 마음이 꽉 차 있다고 했어…. 그가 잘못 본 거야. 내 마음에는 언제나 당신을 위한 자리가 남아 있어.

**퀴니**

응.

**제이콥**

날 봐. 퀴니 골드스틴….

퀴니의 뺨을 타고 눈물이 흘러내린다. 그들이 서로를 바라보는데 오러들이 그들 주변을 둘러싼다.

**90 실외. 다리. 부탄. 낮.**

뉴트는 산토스 지지자들이 하늘을 향해 뻗어 올라간 다리를 건너가는 모습을 바라본다. 그들은 다리 중간쯤의 포털을 통과해 사라진다. 뉴트는 가방을 더욱 꼭 쥐고 앞으로 나아가 군중 사이로 섞여 들어간다.

그 자리에서 장엄하게 솟은 산이 올려다 보인다. 산봉우리는 자욱한 구름에 둘러싸여 있다.

다리로 올라선 뉴트는 포털을 향해 걸어간다. 포털에 발을 디딘 그는 순식간에 사라진다.

**91 실외. 이어리 성 아래. 부탄. 낮.**

이어리 성 아래에서부터 구름 너머 이어리 성까지 이어지는 길고 긴 계단이 보인다. 카메라는 그 아래로 내려가, 계단을 향해 결연히 걸어가는 뉴트의 모습을 보여준다.

저 앞에 누군가가 서 있다. 피셔다. 뒤돌아선 피셔는 뉴트를 가만히 바라본다. 어쩐지 기분 나쁘게 느껴지는 태도다.

뉴트는 피셔를 피해서 가고 싶지만 저 위로 갈 수 있는 길은 하나뿐이다….

이어리 성

부탄

**피셔**

스캐맨더 씨. 우리가 정식으로 인사한 적이 없죠. 헨리에타 피셔입니다. 보겔 최고위원장의 보좌관이죠.

**뉴트**

아, 예…. 안녕하세요….

피셔는 저 위의 구름을 향해 고갯짓을 한다.

**피셔**

안내해 드리죠. 주요 인사들을 위한 전용 출입구가 있어요. 따라오세요….

뉴트는 피셔를 미심쩍게 바라보며 그 자리에서 움직이지 않는다.

**뉴트**

저기, 왜 그러세요? 왜 저를 따로 데려가려고 하시죠?

**피셔**

당연하잖아요?

**뉴트**

아뇨. 당연하지 않은데요.

**피셔**

덤블도어 교수님이 보내서 왔어요.
(가방을 가리키며)
그 가방에 뭐가 들어 있는지 알아요, 스캐맨더 씨.

피셔가 눈을 가늘게 뜬다. 산토스와 리우, 그린델왈드를 열렬히 지지하는 사람들이 시야에 들어온다. 피셔는 뱀처럼 재빠르게 뉴트의 가방 손잡이를 붙잡는다. 그들은 서로의 눈을 노려본다. 뉴트가 가방을 뒤로 당겨 피셔의 손에서 빼내려는데 사람들이 뒤에서 몰려온다. 들뜬 얼굴들, 환호하는 목소리에 둘러싸인 뉴트와 피셔는 광장 쪽으로 떠밀려 가면서 가방 손잡이를 잡고 각자 본인 쪽으로 잡아당긴다.

팟! 불이 번쩍이며 뉴트의 뒷머리를 친다. 뉴트가 쓰러지고, 그 뒤에서 군중 사이에 서 있던 자비니가 모습을 드러낸다. 자비니는 연기가 피어오르는 지팡이를 들고 뉴트를 내려다본다. 미소를 지으며 돌아선 피셔는 가방을 들고 그 자리를 떠난다.

**92 실외. 다리. 부탄. 낮.**

테세우스는 옆에서 초조하게 서성인다. 다리를 건너가는 사람은 이제 거의 없다. 어떤 신호임이 분명한 뿔피리 소리가 도시 위로 울려 퍼진다.

**랠리**

그가 곧 올 거예요.

저 앞에서 카마와 검은 옷의 오러들이 나타나 랠리와 테세우스 쪽으로 걸어온다. 오러들이 지팡이를 들어 올린다. 카마가 오러들 사이를 지나 랠리와 테세우스를 향해 걸어온다.

두 사람 앞에서 우뚝 멈춰선 카마는 지팡이로 땅을 내려찍어 오러들을 마법의 파동으로 뇌진탕에 빠뜨린다.

**테세우스**

왜 이제 와?

테세우스, 랠리, 카마는 다리로 나아가 포털을 통해 사라진다.

**93 실외. 이어리 성 아래. 부탄. 낮.**

북적이는 사람들 사이에서 정신이 든 뉴트는 주변을 둘러본다….

저 앞 계단을 올라가는 피셔의 모습이 보인다.

단독으로 서 있는 거대한 깃발들이 지지자와 유권자 들을 내려다본다. 이 깃발들은 저 위에서 진행될 의식을 보여주는 화면 역할을 한다. 뉴트가 깃발을 올려다보는데, 깃발에 보겔의 모습이 나타난다.

**보겔**

후보자들의 연설 잘 들었습니다….

**94 실외. 이어리 성. 부탄. 낮.**

리우, 산토스, 그린델왈드가 나란히 서 있다.

**보겔**

후보자들이 우리 마법 세계뿐만 아니라 비마법 세계에 관해 어떤 비전을 갖고 있는지 명확히 알 수 있었습니다. 이제 제일 중요한 의식을 진행하겠습니다. 기린의 선택입니다.

기린이 앞으로 나온다.

장면 전환:

**95 실외. 이어리 성. 부탄. 낮.**

뉴트는 이어리 성으로 뻗어 올라간 높은 계단을 올라간다. 저 위에 그의 가방을 들고 올라가는 사람이 조그맣게 보인다. 피셔다.

뉴트가 계단을 달려 올라가며 양옆의 깃발을 보니 그린델왈드와 리우, 산토스 앞에 기린이 놓이고 있다.

카메라가 전 세계의 모습을 빠르게 보여준다. 유럽을 비롯한 각국 마법 정부의 고위 관리들이 부탄의 의식을 화면으로 지켜보고 있다.

화면 속에서 기린이 조심스럽게 앞으로, 후보자들 앞으로 나아가고 있다. 기린이 그린델왈드 쪽으로 다가가자 리우와 산토스가 눈빛을 주고받는다.

뉴트는 피셔에게 달려 올라간다. 피셔는 뉴트를 힐끗 돌아보더니 그 자리에 선다.

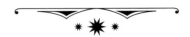

기린이 그린델왈드 앞에 서서 그를 올려다본다.

피셔가 뉴트에게 가방을 내민다. 뜻밖의 행동에 당황한 뉴트는 피셔를 바라보며 손을 내밀어 가방을 받아든다. 그 순간 가방은 먼지로 변한다. 뉴트는 허공에 흩날리는 가방 입자를 놀란 눈으로 바라본다. 뉴트가 돌아보자 피셔는 미소 짓는다.

먼지가 위로 날아오르고, 깃발에는 그린델왈드와 기린의 모습이 보인다.

기린이 그린델왈드 앞에서 절을 한다. 그 순간 길게 정적이 흐른다.

**보겔**

기린은 보았습니다. 선량함과 힘, 우리를 이끌기 위한 지도자의 자질을 누가 갖추고 있는지 말입니다. 여러분 눈에는 누가 보입니까?

그 자리에 모인 마법사들은 지팡이를 하늘로 뻗어 올린다. 지팡이에서 마법이 터져 나온다. 리우와 산토스, 그린델왈드를 대표하는 세 가지 색 마법이 하늘로 뻗어 올라갔다가 그린델왈드를 상징하는 초록색으로 하나가 된다.

뉴트는 아뜩한 얼굴로 그 자리에 서 있다.

그린델왈드는 자신을 향한 칭송을 만끽한다.

**보겔**

겔러트 그린델왈드가 마법 세계를 이끌 새 지도자가 되었음을 선포합니다.

군중이 환호하는 가운데, 그린델왈드의 부하들이 뉴트를 양옆에서 붙잡고 계단 앞으로 데려간다. 그린델왈드가 고갯짓을 하자 로지어가 퀴니와 제이콥을 앞으로 끌고 나온다.

뉴트는 퀴니와 제이콥 쪽으로 가려 하지만 그린델왈드의 부하들이 놓아주지 않는다.

제이콥을 계단 위쪽으로 데려간 로지어는 제이콥의 스네이크우드 지팡이를 빼앗아 그린델왈드에게 건넨다.

그린델왈드는 군중을 돌아보며 뜸을 들인다. 자신에게 시선이 쏠리자 제이콥을 가리키며 말한다.

**그린델왈드**

이자는 나를 죽이려 했습니다. 마법의 힘도 없는 주제에 마법사와 결혼해 우리의 피를 더럽히려 했습니다. 금지된 결합으로 우리를 자기네 종족처럼 열등하고 약하게 만들려는 수작이죠. 이자뿐만이 아닙니다, 여러분. 같은 짓을 하려는 자들이 수천이나 됩니다. 이런 해충을 처리하는 방법은 하나뿐입니다.

그린델왈드는 제이콥의 지팡이를 내던지고 자기 지팡이를 들어 올린다.

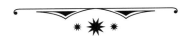

제이콥이 고개를 돌려 그린델왈드를 마주 본 순간, 그린델왈드는 제이콥을 마법으로 공격해 계단 아래로 떨어뜨리고 퀴니의 발 앞에 널브러지게 만든다.

**그린델왈드**

*크루시오!*

빛이 번쩍하자 제이콥은 퀴니의 발 앞에서 고통에 몸부림친다.

**뉴트**

안 돼!

**퀴니**

그만해요!

**그린델왈드**

오늘부터 머글과의 전쟁을 시작한다!

그린델왈드의 지지자들이 격하게 환호한다.

군중 속에 선 랠리, 테세우스, 카마는 충격받은 표정이다.

제이콥이 바닥에 쓰러져 괴로워하고 있는데, 산토스가 지팡이를 들어 올려 제이콥한테서 크루시아투스 저주를 걷어낸다. 고문에서 벗어난 제이콥이 퀴니의 품 안에서 늘어진다.

그린델왈드는 영광을 만끽하며 하늘을 올려다본다.

그렇게 기쁨을 맛보고 있는데…

…머리 위 하늘에 불사조가 맴돌고 있다. 재 한 조각이 하늘에서 내려와 그린델왈드의 뺨에 붙는다. 그린델왈드는 성가신 듯 뺨에 묻은 재를 손으로 닦아내려 한다.

뒤돌아선 그린델왈드를 향해 한 사람이 계단을 올라온다….

크레덴스다.

그린델왈드는 흥미로워하며 크레덴스를 바라본다. 크레덴스는 잔뜩 쇠약해졌지만 반항적인 모습이다. 그린델왈드 앞에 선 크레덴스는 뺨을 손으로 감싸려는 듯 그에게 손을 뻗더니, 재를 문질러 더 크게 퍼지게 만든다. 애버포스와 덤블도어가 군중 뒤쪽에서 모습을 드러낸다. 뒤돌아선 크레덴스가 고위 관리들에게 말한다.

**크레덴스**

거짓말입니다. 이 기린은 죽었어요.

뉴트는 마법에 걸린 기린을 애처롭게 바라본다.

기운이 빠진 크레덴스는 바닥에 주저앉고 만다.

애버포스가 가서 부축하려는데 덤블도어가 조용히 말린다.

**덤블도어**

지금은 때가 아니야. 기다려.

뉴트가 오러의 팔을 뿌리치고 앞으로 나선다.

**뉴트**

속임수를 쓴 겁니다. 그린델왈드는 기린을 죽인 뒤 마법을 걸어서 자기를 선택하게 만들었어요. 저자는 여러분을 이끄는 게 아니라, 자기 뜻대로 끌고 가려 할 뿐입니다.

**그린델왈드**

말뿐이군요. 거짓말을 늘어놓고 있어요. 여러분이 직접 본 광경을 의심하게 만들려는 수작입니다.

**뉴트**

그날 밤에 태어난 기린은 두 마리였어요. 쌍둥이였죠. 내가 압니다. 내가 알아요….

**그린델왈드**

근거는…? 근거는 없겠지. 또 다른 기린 따윈 없으니까. 내 말이 틀려?

**뉴트**

어미 기린은 살해당했어요.

**그린델왈드**

또 다른 기린은 어디 있냐니까, 스캐맨더?

그린델왈드는 의기양양하게 뉴트를 바라본다. 그때 초록색 예복을 입은 고위 관리가 그린델왈드의 눈에 들어온다….

그 여자 관리는 가방을 손에 들고 앞으로 나오더니 뉴트에게 가방을 내민다. 뉴트는 어안이 벙벙한 채로 가방을 바라본다.

예복을 입은 여자가 고개를 든다…. 번티다.

**번티**

누구도 모든 걸 알 수는 없어요, 뉴트. 이 말 기억하죠?

주변을 둘러본 번티는 고위급 인사들이 자신을 쳐다보자 불편해하며 뒤로 물러선다. 뉴트가 가방 뚜껑을 연다.

가방에서 올라온 조그만 머리가 주변을 두리번거린다.

새끼 기린이다.

보겔은 믿기지 않는 듯 그 모습을 바라보다가 초조한 눈으로 그린델왈드를 돌아본다. 그린델왈드도 불안해하는 표정이다. 테세우스와 랠리는 놀란 시선을 주고받는다. 미국 마법 정부에서 티나도 화면을 통해 그 광경을 보고 있다. 뉴트는 누구보다도 놀랐지만, 안심하고 감사한 표정으로 기린을 보며 미소 짓는다.

모두가 지켜보는 가운데 가방에서 나온 기린은 바닥을 딛고 서서 혼란스러워하며 눈을 깜박인다. 주변을 둘러보던 기린은 무언가를 감지한 듯 고개를 돌린다.

마법에 걸린 기린이 그린델왈드 옆에 서 있다.

뉴트의 기린이 즉시 조그맣게 매애 울며 그 기린을 부른다. 듣는 것만으로도 가슴이 미어질 듯한 소리다. 하지만 마법에 걸린 쌍둥이의 표정은 변함이 없고 눈빛도 텅 비어 있다.

뉴트는 혼란스러워하는 기린 옆에 무릎을 굽히고 앉는다.

**뉴트**

(부드럽게)
걔는 네 목소리를 못 들어. 여기서는 못 듣겠지만
다른 데서는 듣고 있을지도 몰라….

**보겔**

이쪽이 진짜 기린입니다!

보겔은 마법에 걸린 기린을 들어 올려 모두에게 보여준다.

**보겔**

보세요! 여러분 눈으로 직접 보세요…. 이제 진짜
기린…

들고 있던 기린이 옆으로 축 늘어지자 보겔은 휘청한다. 그 기린의 눈은 어둡고 텅 비어 있다.

베를린에 있던 영국 마법사가 앞으로 나선다.

**영국 마법사**

용납할 수 없는 일입니다! 선택을 다시 해야 해요.
어서요, 안톤. 어서요!

보겔은 두려워 어쩔 줄 몰라 한다.

살아 있는 기린이 천천히 덤블도어 쪽으로 걸어간다.

**덤블도어**

아니, 아니야. 안 돼. 제발.

기린은 신중하게 덤블도어를 올려다보며 살핀다. 그 눈빛에 덤블도어는 입을 다문다. 기린은 몸에서 빛을 발하더니 천천히 다리를 굽혀 절한다.

뉴트는 흥미로워하면서도 안타까운 눈빛으로 기린을 바라본다.

**덤블도어**

영광이야.
(곤란해하며)
그날 밤 너희 둘이 태어난 것처럼, 이 자리에도 자격 있는 사람이 한 명 더 있어. 나와 마찬가지로 자격 있는 사람이. 확실해.

덤블도어는 부드럽게 기린을 쓰다듬는다.

덤블도어

고맙다.

기린은 궁금해하는 눈으로 덤블도어를 바라보다가 산토스 쪽으로 걸어가 절한다. 그린델왈드는 증오스럽다는 표정으로 그 모습을 바라본다.

기린에게 정신이 팔린 덤블도어의 모습을 본 그린델왈드는 기린을 향해 지팡이를 뻗는다. 크레덴스는 기린을 공격하려는 그린델왈드를 보고 남은 힘을 끌어모아 그 앞을 막아선다.

그린델왈드가 방향을 돌려 번개처럼 빠르게 크레덴스를 마법으로 공격하는데…

…크레덴스 앞에 눈부시게 환한 빛의 방패가 만들어진다….

…덤블도어와 애버포스가 반사적으로 동시에 보호 마법을 쓴 것이다.

공격 마법이 반짝이는 빛의 방패와 맞부딪친 순간, 그린델왈드의 시선은 방패 마법의 경로를 따라간다. 그런데…

…그와 덤블도어의 마법이 매듭처럼 엮여 있다.

눈이 마주친 두 사람은 서로에게 구속되어 있음을 알고 놀란다. 그들이 그렇게 서로를 마주 보며 상대의 힘을 빨아들이는 동안 주변 세상은 멈춰 있다.

피의 맹세 약병의 사슬 줄이 끊어지면서 크리스털 약병이 천천히 빙글

빙글 돌아 땅으로 떨어진다. 그린델왈드와 덤블도어는 약병의 빛이 깜박거리는 것을 바라본다. 강렬한 빛이 터져 나오고 사방이 고요해진다…. 지구의 자전이 느려진 듯 세상도 거의 멈춘다.

계속해서 천천히 돌며 땅으로 내려가는 약병의 중심이 깨지고 있다.

서로를 구속하던 마법이 날아간다. 그린델왈드와 덤블도어의 눈이 마주치고, 그들은 피의 맹세에서 해방됐음을 동시에 깨닫는다.

그 순간, 그들은 지팡이를 들어 올린다. 다시 어지러운 빛을 쏟아내면서 공격과 방어를 이어가며 힘겨루기를 계속한다. 그리고 서로에게 점점 가까이 다가간다. 둘 중 누가 우위라 할 수 없는 팽팽한 접전이다. 어느 한쪽도 밀리지 않는다. 마침내 그들은 서로 팔을 엮고 가까이에 마주 선다….

그리고 싸움을 멈춘다. 둘 다 가슴이 들썩인다. 오로지 서로를 바라보는 시선. 덤블도어는 손을 뻗어 그린델왈드의 심장이 있는 가슴 쪽에 가만히 손을 얹는다. 그린델왈드도 마찬가지다.

덤블도어는 고개를 살짝 숙이고 그린델왈드의 눈을 바라본다.

그때, 저 아래 군중들이 모여 선 자리에서 그들 머리 위의 하늘을 향해 노란빛으로 된 가느다란 실들이 뻗어 올라간다. 잠시 후 또 다른 노란빛의 실들이 나타나 하늘로 올라간다.

그 광경을 바라보던 그린델왈드의 눈에 두려움이 스친다.

노란빛의 실들이 하늘로 올라가는 모습을 보면서 심란한 눈빛으로 돌아선 덤블도어는 얼어붙은 세상으로 돌아가려 한다.

그린델왈드는 충격받은 얼굴이다.

**그린델왈드**

이제 누가 널 사랑해 주지, 덤블도어?

피의 맹세 약병이 땅에 떨어진다.

짜작.

약병은 반으로 쪼개지고 약병 중심에서 연기가 피어오른다…. 세상의 축은 다시 원래대로 돌아가고 그린델왈드와 덤블도어 주변 사람들도 되살아난다.

덤블도어는 그린델왈드를 홀로 남겨둔 채 돌아보지 않는다.

**그린델왈드**

넌 혼자야.

그 순간, 수많은 노란빛의 실들이 하늘로 뻗어 올라간다. 다들 부드러운 노란빛을 받고 있다. 브라질과 프랑스를 비롯한 전 세계 마법 정부들은 산토스의 당선을 축하하며 환호와 함께 노란색 마법의 축포를 하늘로 쏘아 올린다. 패배한 그린델왈드는 그 광경을 바라본다.

그린델왈드에게 반대하는 이들은 산토스와 기린을 필두로 하나가 되어 그린델왈드에게 지팡이를 겨누고 다가온다.

순간 이동한 그린델왈드는 까마득한 절벽으로 이어지는 성벽 위에 올라선다. 반대 세력의 마법 공격이 시작되자 그린델왈드는 재빨리 자신의 주변에 방패를 세운다.

그 와중에도 그린델왈드의 시선은 덤블도어에게 가 있다.

**그린델왈드**

전에도 그랬고 지금도 난 당신들의 적이 아니야.

모두 하나가 되어 그린델왈드를 공격한다. 그린델왈드는 마지막으로 덤블도어를 바라본 뒤… 성벽 너머 절벽으로 몸을 날리고 순간 이동한다.

테세우스, 랠리, 카마 등은 성벽으로 다가가 그 아래를 내려다본다….

그린델왈드의 모습은 보이지 않는다.

고개를 돌린 덤블도어는 크레덴스를 안고 있는 애버포스를 바라본다. 크레덴스는 잔뜩 약해진 상태지만 궁금해하는 눈빛으로 애버포스를 보고 있다. 크레덴스의 얼굴이 노란빛에 물들었다.

**크레덴스**

내 생각을 한 적 있어요?

**애버포스**

늘 생각했어. 집에 가자.

애버포스는 손을 뻗어 아들을 일으켜 세운다. 덤블도어는 함께 계단을 내려가는 그들의 모습을 바라본다. 그들 뒤에서 날아오른 불사조가 산 아래로 천천히 따라 내려간다.

뉴트는 노란빛의 바다 너머, 부탄 왕국을 바라본다. 문득 피로가 몰려온다.

**번티**

기린 데려왔어요.

J. K. 롤링이 만들어 낸 인물들은 다양한 면이 있어서 참 좋습니다. 한 가지 면만 있는 인물이 없어요. 그린델왈드는 무척 어두운 인물이지만 볼드모트와는 달리, 사랑 한 번 못 해본 삶을 살지는 않았습니다. 그는 사랑했던 덤블도어가 그의 여정에 동참하지 않아 깊은 슬픔을 느꼈을 겁니다. 그린델왈드는 사악하고 어둡고 권력욕이 강합니다. 무슨 짓을 해서든 목표를 이루려 하죠. 하지만 그 이면에는 상실감과 우울함이 가득합니다.

-데이비드 헤이먼(제작자)

뉴트가 뒤를 돌아보니 새끼 기린을 품에 안은 번티가 서 있다.

**뉴트**

잘했어요, 번티.

번티는 고개를 저으며 미소 짓는다.

**뉴트**

이리 와, 꼬마야.

뉴트는 기린을 집어넣으려고 가방을 연다.

**번티**

미안해요. 저 때문에 많이 놀랐죠?

뉴트는 기린을 받아들고 고개를 젓는다.

**뉴트**

아뇨. 무언가를 잃어봐야 그게 얼마나 소중한지를
깨닫기도 하니까요.

뉴트는 기린을 안고, 번티는 뉴트의 가방을 눈여겨본다. 번티는 가방 안쪽에 붙어 있는 티나의 사진을 보며 살짝 미소 짓는다.

**번티**

때로는 그저…

뉴트는 말끝을 흐리는 번티를 바라본다.

**번티**

그냥 알게 되기도 해요.

번티는 돌아서서 다른 사람들이 있는 곳으로 간다.

**뉴트**

안으로 들어가.

뉴트는 기린을 가방에 넣는다. 장면 전환:

멀리서 제이콥이 덤블도어를 바라보고 있다.

**덤블도어**

코왈스키 씨, 미안하게 됐습니다.

돌아선 제이콥이 덤블도어를 바라본다.

**덤블도어**

크루시아투스 저주까지 맞게 할 생각은 없었어요.

**제이콥**

예, 뭐, 퀴니가 돌아왔으니 괜찮습니다.
(잠시 후)
뭐 하나만 물어봐도 돼요?

제이콥은 주변을 휙 둘러보더니 앞으로 몸을 기울이고 속삭인다.

**제이콥**

이거 제가 가져도 될까요? 그동안 쌓은 정을 생각해서?

덤블도어는 고개를 숙여 제이콥이 들고 있는 스네이크우드 지팡이를 보고는 눈을 들어 제이콥을 바라본다.

**덤블도어**

당신은 누구보다도 그 지팡이를 가질 자격이 충분해요.

**제이콥**

고맙습니다, 교수님.

제이콥은 기분 좋게 웃으며 주머니에 지팡이를 집어넣는다. 덤블도어는 제이콥이 퀴니에게 걸어가는 모습을 바라보다가 뉴트에게 다가간다.

덤블도어는 절벽 아래를 내려다보다가 주머니에서 깨진 피의 맹세 약병을 꺼내 뉴트에게 보여준다.

**덤블도어**

놀라워.

**뉴트**

어떻게 된 거예요? 두 분은 서로를 공격할 수 없다면서요.

**덤블도어**

공격하지 않았어. 그는 날 죽이려 했고, 난 그를 보호하려 했지. 우리의 마법이 충돌한 거야.

덤블도어는 씁쓸한 미소를 짓는다.

**덤블도어**

운명이겠지. 이렇게 될 운명이었던 거야.

뉴트가 흥미로운 시선으로 덤블도어를 바라보는데 테세우스가 그들에게 다가온다.

**테세우스**

교수님. 그를 찾아서 막겠다고 약속해 주시죠.

덤블도어는 고개를 끄덕인다.

지평선을 노랗게 물들인 하늘이 디졸브되고 서서히 어두워진다….

**96 실외. 로어이스트사이드. 뉴욕. 밤.**

…로어이스트사이드의 어느 거리. 조명이 켜진 코왈스키 빵집의 진열창이 따뜻하게 빛난다.

BAKED
443

코왈스키 빵집

**97 실내. 코왈스키 빵집. 밤.**

머글과 마법사 들이 화면을 들락거린다. 신부와 신랑 인형이 꼭대기에 서 있는 제이콥의 웨딩 케이크가 빵집 안에 위풍당당하게 자리하고 있다.

**제이콥**

알버트! 피에로기(폴란드식 만두—옮긴이) 잊지 마!

**알버트**

예, 사장님.

제이콥과 뉴트가 잘 어울리는 정장을 입고 서 있다. 제이콥은 넥타이를 제대로 매려고 애쓰는 중이다.

**제이콥**

알버트! 콜락스키(폴란드식 케이크—옮긴이)는 8분 넘기면 안 돼.

**알버트**

예, 사장님.

**제이콥**

(뉴트에게)
착한 녀석이야. 파슈테치키(효모를 넣어 만든 번—옮긴이)랑 고옹브키(양배추말이—옮긴이)를 구별 못하지만.

그때 퀴니가 아름다운 레이스 가운을 입고 들어온다.

**퀴니**

자기야.

**제이콥**

이런!

**퀴니**

뉴트는 자기가 무슨 말을 하는지 몰라. 나도 모르는걸. 그리고 오늘 자기는 일하는 날이 아니잖아. 기억하지?
(뉴트를 바라보며)
괜찮아요?
(뉴트에게)
축사 때문에 긴장했나 보네. 긴장할 필요 없어요.
(제이콥에게)
긴장 말라고 말해줘, 자기….

**제이콥**

축사 때문에 긴장 마.

**뉴트**

긴장 안 해.

**제이콥**

무슨 냄새지? 왜 타는 냄새가 나?! 알버트!

제이콥이 서둘러 방을 나가자 퀴니는 눈을 위로 굴린다.

**퀴니**

달리 긴장할 이유가 있어요?

**뉴트**

무슨 말인지 모르겠는데요.

퀴니는 다 안다는 듯 미소 지으며 그 자리를 떠난다.

**98 실외. 코왈스키 빵집. 잠시 후. 밤.**

**뉴트**

제이콥을 처음 만난 날… 그날 우리는 스틴 국립
은행에 앉아 있었습니다… 그때 저는…

뉴트는 인상을 쓰다가 시선을 든다. 누군가 내리는 눈을 맞으며 길 건너 버스 정류장 벤치에 앉아 있다.

그때 뉴트의 시야 주변에 무언가가 나타나 뉴트는 천천히 고개를 돌린다. 한 여자가 눈 내리는 거리를 걸어오고 있다. 다시 확인할 필요도 없다. 누구인지 안다.
티나다.

**뉴트**

신부 들러리죠?

티나

당신은 신랑 들러리죠?

뉴트

머리를 다듬었어요?

티나

아뇨. 음… 실은, 맞아요. 오늘 밤을 위해 조금요.

뉴트

잘 어울려요.

티나

고마워요, 뉴트.

그들은 말없이 서로를 바라본다. 그때…

…랠리와 테세우스가 나타난다.

테세우스

안녕하세요.

뉴트

누가 왔나 봐요.

테세우스

잘 지냈어요?

**뉴트**

멋지네요, 랠리.

**랠리**

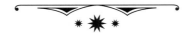

칭찬 고마워요, 뉴트. 행운을 빌게요.
(티나에게)
티나. 가자. MACUSA(미합중국 마법 의회)는 어떤지 얘기해 줘.

티나와 랠리는 빵집 안으로 들어간다.

뉴트는 그들을 따라 안으로 들어가려다가 멈칫하며 길 쪽을 돌아본다. 잠시 후.

**테세우스**

나는? 어때 보여? 너 괜찮냐?

**뉴트**

멋있어.

**테세우스**

괜찮아?

**뉴트**

어. 괜찮아.

**테세우스**

긴장한 거 아니지? 세상을 구했는데 축사쯤이야 아무것도 아니잖아.

두 사람은 눈빛을 주고받는다. 뉴트는 길 건너를 바라본다. 버스 정류장 벤치에 덤블도어가 앉아 있다.

뉴트는 눈 덮인 길을 건너가 벤치 앞에 선다.

**덤블도어**

역사적인 날이야. 변화가 시작됐어. 막상 그날을 평범하게 살고 있으니 오늘이 역사적인 날인 게 실감이 안 나겠지만.

**뉴트**

세상이 바로잡아졌잖아요.

**덤블도어**

가끔이라도 그런 일이 일어나니 기분은 좋네.

뉴트는 덤블도어를 바라본다.

**뉴트**

오실 줄 몰랐어요.

**덤블도어**

그러게.

잠시 뉴트의 눈을 마주 보던 덤블도어는 옆으로 시선을 돌린다. 빵집 문이 열리고 퀴니가 나온다. 환하게 빛나는 모습이다.

**퀴니**

뉴트! 제이콥이 반지를 잃어버린 것 같대요. 당신이 갖고 있나 물어보려고요.

뉴트가 돌아서자 그의 주머니에서 피켓이 고개를 내민다. 피켓은 작고 사랑스러운 다이아몬드가 박힌 단순한 반지를 잘 가지고 있다.

**뉴트**

갖고 있어요.

퀴니는 미소를 지으며 가게 안으로 들어간다. 뉴트는 피켓을 내려다본다.

**뉴트**

잘했어, 픽.
(덤블도어를 바라보며)
전 이만….

덤블도어는 말없이 먼 곳을 응시한다.

**덤블도어**

고마워, 뉴트.

**뉴트**

뭐가요?

덤블도어

이것저것.

뉴트는 고개를 끄덕인다.

덤블도어

자네가 없었으면 해내지 못했을 거야.

뉴트는 살짝 미소 짓는다. 덤블도어는 고개를 끄덕거린다. 뉴트는 길을 건너가려다가 걸음을 멈춘다.

뉴트

부탁만 하세요. 다음에도 또 할게요.

뉴트는 궁금해하는 눈빛으로 덤블도어를 바라보다가 돌아서서 길을 건너가 빵집 안으로 들어간다.

뉴트가 문을 닫자마자 붉은 장미 무늬 드레스를 입은 젊은 여자가 서둘러 빵집 문 앞으로 걸어간다.

여자는 놀라고 혼란스러운 눈으로 주변을 둘러보다가 빵집 안을 들여다본다.

번티다.

덤블도어는 번티가 곧장 빵집 안으로 들어가는 모습을 바라본다.

그는 잠시 그 자리에 앉아 주변을 둘러보다가 일어선다.

**99 실내. 코왈스키 빵집. 밤.**

퀴니는 마법 정부 총리 앞에 선 제이콥 옆으로 다가간다. 퀴니는 고개를 돌려 제이콥을 바라보고, 뒤에 서 있던 뉴트와 티나, 랠리, 테세우스, 번티, 알버트는 모두 벅찬 눈으로 그들을 지켜본다.

**제이콥**

와. 정말 아름다워.

**100 실외. 코왈스키 빵집. 밤.**

덤블도어는 빵집 진열창 안을 들여다보며 미소 짓는다. 그는 목깃을 세우고 저 멀리 겨울의 지평선을 향해 눈 덮인 거리를 홀로 걸어간다.

뉴욕 로어이스트사이드

## 작가에 대하여

J.K. 롤링은 꾸준히 사랑받는 획기적인 '해리 포터' 시리즈 일곱 편, 성인과 어린이를 위한 소설 여러 편, 로버트 갤브레이스라는 필명으로 써서 호평받은 '스트라이크' 탐정 범죄 소설 시리즈의 저자다. 롤링의 책 여러 편이 영화와 텔레비전 드라마로 제작된 바 있다. 롤링은 연극 대본 《해리 포터와 저주받은 아이》를 공동 집필했고, '해리 포터' 시리즈 관련 책인 〈신비한 동물 사전〉을 바탕으로 한 새로운 시리즈 영화의 대본을 썼다.

스티브 클로브스는 많은 사랑을 받는 J.K. 롤링의 '해리 포터' 시리즈를 바탕으로 한 시리즈 영화 일곱 편의 대본을 썼다. 〈신비한 동물 사전〉, 〈신비한 동물들과 그린델왈드의 범죄〉, 〈모글리-정글의 전설〉의 제작자이기도 하다.
〈젊음의 초상〉, 〈원더 보이즈〉, 〈악몽〉, 〈사랑의 행로〉의 대본을 썼으며 〈악몽〉, 〈사랑의 행로〉는 연출도 진행했다.

## J.K. 롤링의 작품

해리 포터와 마법사의 돌
해리 포터와 비밀의 방
해리 포터와 아즈카반의 죄수
해리 포터와 불의 잔
해리 포터와 불사조 기사단
해리 포터와 혼혈 왕자
해리 포터와 죽음의 성물

신비한 동물 사전
퀴디치의 역사
(코믹 릴리프와 루모스를 돕고자 출간되었음)

음유시인 비들 이야기
(루모스를 돕고자 출간되었음)

해리 포터와 저주받은 아이
(J.K. 롤링, 존 티퍼니, 그리고 잭 손의 원작에 기초하고, 잭 손이 각색함)

신비한 동물 사전(원작 시나리오)
신비한 동물과 그린델왈드의 범죄(원작 시나리오)

〈신비한 동물들과 덤블도어의 비밀〉의 배우와 제작진, 창작팀에게 감사드립니다. 이 책에 담긴 해설과 제작 렌더링, 스케치, 그래픽 디자인을 통해 이들의 노고를 보실 수 있습니다.

* ✷ *

이 책(원서 《FANTASTIC BEASTS: THE SECRETS OF DUMBLEDORE the original screenplay》)의 디자인은 헤드케이스 디자인(Headcase Design)의 폴 케플(Paul Kepple)과 알렉스 브루스(Alex Bruce)가 담당했습니다. 본문은 ICT 스톤 세리프(ICT Stone Serif), 활자체는 섬너 스톤(Sumner Stone)이 디자인했습니다.

옮긴이 공보경

고려대학교 영어영문학과를 졸업하고 소설, 에세이, 인문 분야 전문 번역가로 활동하고 있다. 옮긴 책으로《메이즈 러너》시리즈,《테메레르》시리즈,《크리스마스 피그》,《아크라 문서》,《작은 아씨들》,《하이라이즈》,《양들의 침묵》,《개들의 섬》등이 있다.


**신비한 동물들과 덤블도어의 비밀 원작 시나리오**

초판 1쇄 발행 2022년 7월 12일
초판 3쇄 발행 2024년 9월 3일

지은이 | J.K. 롤링
옮긴이 | 공보경
발행인 | 강봉자, 김은경

펴낸곳 | (주)문학수첩
주소 | 경기도 파주시 회동길 503-1(문발동633-4) 출판문화단지
전화 | 031-955-9088(대표번호), 9530(편집부)
팩스 | 031-955-9066
등록 | 1991년 11월 27일 제16-482호

홈페이지 | www.moonhak.co.kr
블로그 | blog.naver.com/moonhak91
이메일 | moonhak@moonhak.co.kr

ISBN 978-89-8392-981-5 03840